Das verborgene Weihnachtskind

TITUS MÜLLER

Das verborgene Weihnachtskind

edition ∴ chrismon

Bibliografische Information der Deutschen Nationalbibliothek: Die Deutsche Nationalbibliothek verzeichnet diese Publikation in der Deutschen Nationalbibliografie; detaillierte bibliografische Daten sind im Internet über http://dnb.d-nb.de abrufbar.

© Titus Müller 2024. Dieses Werk wurde vermittelt durch die literarische Agentur Michael Gaeb.
© dieser Ausgabe 2024 by edition chrismon in der Evangelischen Verlagsanstalt GmbH · Leipzig
Printed in Germany

Das Werk einschließlich aller seiner Teile ist urheberrechtlich geschützt. Jede Verwertung außerhalb der Grenzen des Urheberrechtsgesetzes ist ohne Zustimmung des Verlags unzulässig und strafbar. Das gilt insbesondere für Vervielfältigungen, Übersetzungen, Mikroverfilmungen und die Einspeicherung und Verarbeitung in elektronischen Systemen z. B. zum Zweck des Data-Minings.

Das Buch wurde auf alterungsbeständigem Papier gedruckt.

Cover: Anja Haß, Leipzig
Coverillustration: Orlando Hoetzel, Berlin
Satz: makena plangrafik, Leipzig/Zwenkau
Druck und Bindung: CPI books GmbH

ISBN 978-3-96038-399-4 // eISBN (E-Pub) 978-3-96038-400-7
www.eva-leipzig.de

1

»Guten Tag.« Der Ladeninhaber streckte ihr die Hand hin.

War das hier so? Musste man Eintritt bezahlen, um überhaupt die seltenen Stücke betrachten zu dürfen? Sie aktivierte ihre CashApp.

»Nein-nein«, sagte der Ladeninhaber. »Sie müssen Ihre Hand in meine legen, und dann sagen Sie: ›Guten Tag‹. So hat man sich im 20. Jahrhundert begrüßt.«

»Aber in den Filmen –«

»Ach was, die Filme!« Er zog verärgert die Stirn kraus. »Das ist doch Humbug alles. Wir haben bei uns in der Gruppe gut informierte Leute, das können Sie mir glauben. Guten Tag!«

Unbeholfen legte sie ihre Hand in die des Ladeninhabers. Es erschien ihr ungehörig, dass sie als Fremde sich berührten.

Der Ladeninhaber drückte fest zu. »Womit kann ich Ihnen behilflich sein?«

»Ich würde gern einen Brief schreiben.« Sie zog ihre Hand zurück und widerstand mit Mühe dem Impuls, sie am Hosenbein abzuwischen. »Mit einem Füllfederhalter.«

Die Miene des Ladeninhabers hellte sich auf. »Wir haben tolle Stücke hier. Sogar einen aus dem 20. Jahrhundert, allerbeste Qualität, ›Friedensware‹, hätten sie damals gesagt. Für tausendneunhundertneunundneunzig ist er Ihrer.«

»Haben Sie auch ... einen Nachbau? Ich hätte gern etwas Preisgünstigeres. Ich muss ja erst rausfinden, ob ich das überhaupt kann.«

Der Ladeninhaber taxierte sie. Er sah ihr zweifellos an, dass sie neu in der Szene war. Keines ihrer Kleidungsstücke war nostalgisch, sie trug keine Brille, und ihr Haar war nach moderner Art geflochten. »Vielleicht ist ein Füllfederhalter für den Start gar nicht das Richtige. Schreiben mit der Hand, das ist eine komplexe Herausforderung. Wenn Sie mögen, ich hätte auch Gegenstände hier, die in Ihrem Freundeskreis sicher auf genauso viel Bewunderung stoßen und leichter handzuhaben sind. Einen Wecker! Original nachempfunden einem Modell der frühen 2020er. Er liefert die digitale Uhrzeit und das Datum, und zur Weckzeit schlägt er auf anregend nostalgische Art Alarm. Sie können keine verbalen Kommandos geben, er muss ganz herrlich mechanisch eingestellt werden mittels dieser Druckknöpfe.«

Sie staunte nicht genug, deshalb zog er etwas anderes aus dem Regal. »Oder dieses edle schwarze Gerät. Damit stanzte man Löcher in Papier, es ist noch voll funktionstüchtig, kein Nachbau, möchte ich betonen, sondern ein Einzelstück. Sie sollten schnell sein, der Locher wird hier keine zwei Tage mehr in der Auslage sein, der ist schneller verkauft, als Sie Eins-Zwei-Drei sagen können.« Er bleckte die Zähne und lachte heiser.

Die Türglocke schellte. Junika drehte sich um. Ein Pärchen betrat den Laden. Die Frau war in einen langen Kunstpelzmantel gekleidet. Der Mann sah aus wie in einem altmodischen Film. Er trug eine silberne Uhr um das Handgelenk, und seine Schuhe waren mit Bändern gebunden.

Blitzschnell hatte der Ladeninhaber nun doch einen preiswerten Füllfederhalter parat. Er drängte ihr noch etwas Papier auf, dann kassierte er und verabschiedete sie. Mit breitem Strahlen wandte er sich dem Pärchen zu, das seine Begrüßung formvollendet erwiderte. Das Pärchen versprach bessere Einnahmen, während sich Junika nichts weiter abknöpfen ließ.

Sie trat hinaus, das Papier und die Pappschachtel mit dem Füllfederhalter in einer braunen Nostalgietüte, die bei jedem Schritt knisterte. Im überheizten Laden war ihre Haut empfindlich geworden. Nun schlug ihr die Dezemberluft kalt ins Gesicht. Die Kehle schmerzte beim Atmen. Es roch nach Schnee, die Luft trug einen Hauch von Eisen in sich.

Wie gut das tat! Sie lebte. Die vergangenen Jahre kamen ihr stumpf und müde vor. Jetzt war sie erwacht. Die Kälte ließ sie das Leben intensiver spüren.

Je mehr man versuchte, glücklich zu sein, desto unzufriedener wurde man. Man guckte dann die ganze Zeit auf das, was man noch nicht hatte, und empfand den Mangel als störend. So etwas konnte von Tag zu Tag schlimmer werden. Man guckte auf die, die es anscheinend hatten: die glückliche Ehe, den inneren Frieden.

Manchmal führte der Weg zum Glück durch einen Schmerz hindurch, etwas, das man aushalten musste, ein Scheitern, eine Konfrontation.

Sie war jetzt bereit, diesen Weg zu gehen. Sie würde nicht länger wie hypnotisiert auf die Katastrophe starren, die ihr drohen könnte. Sie würde versuchen, nicht gegen das Unglück zu sein, sondern für das Glück! Schau auf das

Gute, sagte sie sich, versuche, es zu mehren und zu genießen und hineinzuwachsen. Dann wirst du mutig sein und dich lebendig fühlen und etwas erreichen.

Psychologen behandelten innere Verstrickungen und wollten aus Situationen heraushelfen, die das Leben ungemütlich machten. Das war ja aller Ehren wert! Aber die Menschen vergaßen dabei, nicht nur das Schlechte zu bekämpfen, sondern auch das Gute aufzubauen.

Dass sie liebte! Wieder lieben konnte, nach allem, was geschehen war! Das Gefühl war Schmerz und Freude zugleich. Er wusste noch von nichts, und höchstwahrscheinlich würde er sie nicht zurücklieben. Aber sie war wieder bereit, sich einem solchen Schmerz zu stellen. Allein das erstaunte sie. Sie spürte eine neue Kraft in sich, deren Herkunft sie sich kaum erklären konnte.

Die gläsernen Büro- und Wohntürme standen dicht an dicht. Ihre unteren Etagen bestanden aus hohen Säulen, Passanten gingen unter den Gebäuden hindurch. Sie drehte sich zum Nostalgie-Laden um. Er hatte das Erdgeschoss eines der wenigen alten Gebäude gemietet, die nicht auf Säulen standen. Windböen malten auf der Straße Muster mit dem Pulverschnee, zogen Halbkreise, streckten sie in die Länge und zeichneten Wellen auf den Asphalt.

Ein intelligentes Taxi hielt neben ihr. Lichtstreifen liefen wie der Puls eines Lebewesens über seine Seite, und die KI fragte mit freundlicher Stimme: »Kann ich Sie mitnehmen?«

Junika stieg ein und nannte ihre Adresse.

Mit leisem Summen setzte sich das Taxi in Bewegung. Nach einer Stunde hatten sie die Innenstadt verlassen. Der Randbezirk, in dem sie seit fünf Monaten wohnte, war spärlicher bebaut. Synthetische Bäume und auch einige echte, lebende Bäume standen zwischen den Häusern, die synthetischen jetzt im Winter grün belaubt, die echten kahl. Durch die synthetischen Bäume war der Sauerstoffgehalt der Luft höher, und sie war von Feinstaub gereinigt. Dazu gab es Parkbänke, zwei Teiche, und die Werbetafeln waren sämtlich auf lautlos gestellt. Hätte sie die Beförderung nicht gekriegt, hätte sie sich die Miete niemals leisten können.

Sie autorisierte mit kurzen Worten die Bezahlung, stieg aus und trat vor das Haus. Es machte sie immer noch stolz, dass die KI des Hauses sie erkannte und ihr lautlos die Tür öffnete. Sie musste im Lift nicht mal ihre Etage angeben.

Als sie im Flur seine Wohnungstür passierte, machte ihr Herz einen Satz. Er war fort um diese Uhrzeit. Dennoch rührte sie in einer raschen Bewegung an seine Tür. Allein zu wissen, dass er hier lebte!

Sie ging weiter, während ihr das Blut ins Gesicht schoss.

Die KI öffnete ihre Wohnung und schaltete das Licht ein.

Junika hängte den Mantel auf und schlüpfte in ihre maßgefertigten Kunstfell-Hausschuhe. Sie trug die Papiertüte zum Wohnzimmertisch und holte das Papier und die Schachtel mit dem Füllfederhalter heraus. Sie entnahm ihn der Schachtel, schraubte die Schutzkappe ab. Er würde sich automatisch einschalten, sobald sie sich mit ihm dem Papier näherte. Das hatte der Ladeninhaber behauptet. Oder hatte sie ihn falsch verstanden? Gespannt berührte sie mit der Spitze des Federhalters das Papier.

Die goldene Spitze blieb dunkel. Enttäuscht hob Junika sie wieder an.

»Füllfederhalter ein«, sagte sie.

Nichts geschah.

Dieser blaue Punkt auf dem Papier war doch vorher nicht da gewesen? Vielleicht war nur die Beleuchtung des Federhalters defekt. Sie versuchte, einen Buchstaben zu malen. Es gelang! Sie schrieb ein Wort. Sie hätte nicht gedacht, dass ihr die Sache einen solchen Spaß machen würde. Sie *erschuf* etwas. Auch wenn ihre Worte unbeholfen aussahen.

Nicht groß nachdenken!, ermahnte sie sich. Nutze den Schwung, den du gerade hast. Morgen traust du dich vielleicht nicht mehr. Sie nahm ein frisches Blatt Papier und sagte: »Wie hat man sich vor hundert Jahren im Brief begrüßt?«

Die freundliche Stimme der Haus-KI erwiderte: »Da ich annehme, dass Sie an einen Mann schreiben, wäre die Anrede: Sehr geehrter Herr.«

Hatte die KI gesehen, wie sie vorhin mit den Fingerspitzen seine Tür gestreift hatte? Schlimmer noch, hatte die KI bemerkt, wie sie vorm Kamerafeed der Wohnungstür saß, wenn Andri nach Hause kam, um ihn durch den Flur gehen zu sehen? Hatte sie über die Biosensoren registriert, dass ihr Puls dabei stieg?

Jedes Mal, wenn sie Andri im Lift oder vor dem Haus begegnete, jedes Mal, wenn er sie freundlich lächelnd grüßte, wurde ihr Gesicht stärker durchblutet, so etwas übersahen Menschen, aber eine KI stellte es unzweifelhaft fest. Wenn nebenan seine Tochter juchzte bei Andris Heimkehr am Abend, lächelte Junika. Auch das musste die KI bemerkt haben.

»Du weißt, wem ich schreibe?«, fragte sie.

»Herrn Andri Fehrenbach, nehme ich an«, sagte die KI. Nicht der Hauch einer Wertung lag in der Stimme. Womöglich war die KI zu solchen Wertungen gar nicht in der Lage.

Junika schrieb:

Sehr geehrter Herr Fehrenbach,

es wird Sie wundern, dass ich Ihnen schreibe. Seid ich Ihre Tochter neulich im Treppenhaus

Das war falsch, irgendwie. »Wie schreibt man ›seid‹?«

»Da Sie sich auf eine zeitliche Dimension beziehen, wird das Wort mit ›t‹ geschrieben.«

Eine Autokorrektur schien es nicht zu geben. Das Wort stand da wie eine Anklage. Andri würde sich amüsieren. Oder schlimmer, er würde sie dafür verachten, dass sie nicht gewusst hatte, wie man das Wort schrieb. »Gibt es eine Korrekturmöglichkeit?« Das Papier war teuer gewesen.

»Sie könnten den Buchstaben durchstreichen.«

Aber das sähe furchtbar aus. Andri würde immer noch sehen, dass sie es falsch gemacht hatte. »Bitte übertrage den Brief auf ein neues Blatt.«

»Leider verfügt der Füllfederhalter nicht über eine Funktion zum selbstständigen Kopieren und Einfügen.«

Sie kam sich dumm vor. Überhaupt sahen ihre Buchstaben aus wie schiefe Häuser ohne Dach.

Es war idiotisch, Andri einen Brief schreiben zu wollen. Andere plauderten einfach miteinander, oder sie luden sich zum Kaffee ein. Musste sie denn immer einen eigenen Weg bahnen, konnte sie nicht *einmal* den üblichen Weg nehmen, den alle anderen gingen?

Sie war keine Nostalgikerin. Trotzdem bewunderte sie die Art, wie die Menschen vor dem Computerzeitalter geschrieben hatten. Sie waren so kunstvoll gewesen, auch ihre Wohnungen dekorierten sie damals liebevoll, und sie pflanzten ohne GartenBots eigenhändig Gemüse in die Erde und zogen es auf.

Natürlich wollte sie nicht tauschen. Den Wohlstand hätte sie vermisst, genauso die Sauberkeit in den Straßen, die Stille. Der Lärm damals musste fürchterlich gewesen sein.

Sie nahm ein neues Blatt und begann den Brief von vorn. Sie kam sich furchtbar ungelenk vor, während sie die Buchstaben formte. Diesmal schrieb sie »seit« richtig.

Unvermittelt nahm sie den Federhalter hoch. »Er hat dich genauso im Servicepaket, richtig?«

»Meine Dienste sind im Paket aller Mieter enthalten«, sagte die KI.

»Und du siehst alles, was ich tue? Du hörst mir auch zu, wenn ich über SmartStream mit jemandem rede?«

»Diese Daten dienen der Verbesserung meiner Serviceleistungen.«

Wenn sie Andri rund um die Uhr beobachtete, dann wusste die KI über sein Privatleben Bescheid. »Hat Andri eine Beziehung? Liebt er jemanden?«

»Ich bin nicht befugt, diese Information weiterzugeben.«

Die KI durfte also alles über die Hausbewohner wissen, aber wenn es mal von Nutzen wäre, dieses Wissen zu teilen, stellte sie sich quer. »Wie viele Personen leben in Andris Wohnung? Ist das eine Information, die du mir geben darfst?«

»Es leben zwei Personen in der Wohnung von Herrn Andri Fehrenbach.«

Er und seine Tochter. Ihr wurde warm. Die Kleine brauchte eine Mutter. Und Andri brauchte eine gute Frau. Er brauchte sie, Junika.

Die KI sagte: »Ein Abgleich Ihrer Daten mit denen von Herrn Fehrenbach ergibt eine äußerst geringe Wahrscheinlichkeit, dass Sie partnerschaftlich zusammenfinden.«

»Das kannst du nicht beurteilen.«

»Ich bin darauf programmiert, für Ihr Wohlergehen zu sorgen. Die Daten in puncto Alter, Bildung, Persönlichkeit, Einkommen, Vorlieben und gesellschaftlichem Status legen nahe, dass es keine gute Prognose für Sie und Herrn Fehrenbach –«

»KI aus.«

Die KI verstummte. Sie war immer noch da, sie beobachtete sie. Aber sie hielt die Klappe. Was wusste ein Computer von der Liebe? Die KI war nicht dazu in der Lage, Zuneigung zu empfinden. Was wusste sie schon von den eigenartigen Gesetzmäßigkeiten der menschlichen Psyche? Gegensätze ziehen sich an. Gerade deshalb verlieben wir uns, dachte sie, weil wir verschieden sind.

Junika wartete, bis sich ihr Atem beruhigt hatte. Dann schrieb sie den Brief zu Ende. Fünf Wörter hatte sie falsch geschrieben. Zumindest war es ihr bei fünfen selbst aufgefallen. Sie überlegte, die KI zu bitten, den Brief auf Fehler zu überprüfen. Später vielleicht. Jetzt sollte sie erst einmal lernen, sich aus Liebesdingen herauszuhalten.

Sie würde den Brief einige Male abschreiben, bis ihre Schrift besser wurde. Dann würde sie ihn ... Wie sollte sie ihn Andri übermitteln? In den alten Filmen gab es Metallkästen zum Ablegen von Nachrichten, oder Schlitze in der Tür, durch die man Nachrichten steckte. »Wenn ich den Brief nicht persönlich übergeben will, wäre es möglich, dass der ZustellBot ihn mitnimmt?«, fragte sie.

»Ich kann Herrn Fehrenbach benachrichtigen. Ich sage ihm, dass ein Brief für ihn vorliegt, den er sich bei Ihnen abholen soll.«

»Nein. Nein! Auf gar keinen Fall. KI aus.«

Sie musste einen klaren Kopf bekommen. Sie zog sich Schuhe und Jacke an und verließ das Appartement.

Die Reklametafeln am Straßenrand zeigten ihr Schreibgeräte. Andere warben mit Urlaubsorten. Das Netz schien zu wissen, dass sie ihren Jahresurlaub noch nicht genommen hatte. Die Reisen lagen genau in ihrer Preisklasse, und kleine Delfine sprangen aus den Wogen und luden sie ein, mit ihnen zu interagieren.

Sie machte eine Geste, und die Delfine sprangen höher. Jetzt tauchten auch rosafarbene Krabben auf. Sie warf ihnen imaginäres Futter zu, und sie schnappten danach. Es machte Spaß.

Auf der nächsten Reklametafel bat eine kleine Katze um Milch, und Junika schob ihr das Schälchen hin. Die Katze schleckte die Milch und schnurrte dabei, während über ihr Werbebotschaften eines nahen Zoohandels aufleuchteten. Natürlich. Single-Frau, empfänglich für das Wachrufen von Haustiersehnsucht.

Sie hätte sich Handschuhe anziehen sollen. Die Kälte biss regelrecht in ihre Hände. Mit einem raschen mündlichen Kommando stellte sie den Nierenbereich ihrer Jacke auf 45 Grad. Es dauerte einen Moment, dann begann das leitfähige Garn der Jacke, ihr den Rücken zu wärmen.

Und wenn die KI recht hatte? Wenn es *keine gute Prognose* gab für Andri und sie? Mit einer wie ihr würde ein Mann wie er wahrscheinlich nicht zusammen sein wollen. Die Wahrscheinlichkeit sprach dagegen, und deshalb glaubte die KI nicht daran. Aber auch wenn die Chancen gering standen, musste Junika es doch versuchen. Sie hatte sich schon eine lange Zeit nicht mehr derart zu jemandem hingezogen gefühlt. Die KI durfte nicht darüber bestimmen, welche Träume man hatte.

Kam ihr da nicht Herr Wolff entgegen, aus ihrer Etage? Der Alte trug ein schweres Paket. Sie beschleunigte ihre Schritte, um ihn rasch zu erlösen. Sie nahm ihm die Last ab. »Geben Sie mir das, ich trage es für Sie ins Haus. Ist der ZustellBot ausgefallen?«

»Kein Verlass auf die Technik«, ächzte er.

»Naja, meistens klappt es, oder nicht?«

»Ein Mensch wäre mir lieber. Als Zusteller, meine ich.«

Sie prüfte kurz sein Äußeres. Er war einfach nur alt, er trug keine Nostalgiekleidung. »Ich war gerade in einem dieser Läden. Die verkaufen einem alles als Wunderding, dabei sind die Sachen einfach überholt. Schuhe zum Schnüren, Taschenlampen, Stopfpilze, Landkarten. Früher war alles besser – geben Sie's zu, das wollten Sie gerade sagen!« Sie lachte. »Stimmt aber nicht.«

»Hatten sie auch Bücher?«

»Ja, da war ein Regal mit alten Büchern. Tut einem weh, das zu sehen. Das ganze Wissen war bei einzelnen Menschen isoliert und nicht zugänglich im Netz. Wenn etwas vollständig seinen Nutzen verloren hat, dann sind es Bücher.«

Er brummte etwas.

»Jetzt denken Sie bitte nicht, ich hätte eine Wut auf alte Dinge. Ich habe mir gerade einen Füllfederhalter gekauft. Schwer vorstellbar, was? Haben Sie eigentlich ...? Ich bräuchte Hilfe beim Schreiben.«

»Denken Sie etwa, ich schreibe noch per Hand?«

Die Schärfe in seiner Stimme verdatterte sie. »Nein-nein, ich habe nur gehofft, Sie würden mir eventuell helfen. Ihre Großeltern haben ja vielleicht noch ... Also, in der Schule ...«

Sie hatten das Haus erreicht. Die KI registrierte zwei zutrittsberechtigte Bewohner und öffnete die Tür. Am Lift nahm Herr Wolff ihr das Paket ab. »Danke für die Hilfe. Tut mir leid, dass ich Ihre Güte nicht erwidern kann.«

In der Wohnung öffnete Wolff das Paket. Obenauf lagen die leichten Dinge: die roten Weihnachtskugeln, der Stern. Er wickelte sie aus dem Seidenpapier. Ihm war, als hielte er seine Kindheit in den Händen. So war sie gewesen: frei und ohne Gewicht, eine Feder im Wind.

Eine nach der anderen nahm er die Figuren aus dem Karton, die Holztiere, Maria, Josef, die Krippe und den Stall. Echtes Holz. Es duftete nach all den Jahren immer noch.

Sein Bruder hatte eine kleine Notiz beigefügt. *Viel Spaß mit dem alten Plunder, Heinrich.*

Alter Plunder waren sie beide inzwischen auch.

Vor vierzehn Jahren hatte die Universität angeboten, ihm eine vollständige Briggs-Larsson-Behandlung zu bezahlen. Das erschreckend teure Paket aus biologischen, mechanischen und nanotechnologischen Therapien hätte seine Lebensspanne beträchtlich verlängert.

Er war geschmeichelt gewesen, dass die Universität ihn für derart unentbehrlich hielt. Aber die Vorstellung, dass man aus seinem Gewebe neue Organe züchten würde, um die alten zu ersetzen, sobald sie verschlissen oder erkrankt waren, gefiel ihm nicht. Man wollte außerdem

Gene aktivieren, die den Alterungsprozess verlangsamten. Nanosensoren sollten durch seinen Blutkreislauf schwimmen, um Krebszellen aufzuspüren, bevor sie zu einem Problem wurden. Täglich hätte er einen Cocktail aus Enzymen und anderen Proteinen schlucken sollen, um die Zellreparaturmechanismen anzuregen und die Oxidation zu verringern.

Er hätte all das ertragen, einfach nur, um weiter unterrichten zu können. Wäre da nicht das drückende Empfinden der Ungerechtigkeit gewesen. Man wollte um ihn herum die Menschen sterben lassen, weil es zu teuer war, alle gleichermaßen zu behandeln, und mit dem Geld, das der Staat von allen durch die Steuergesetze einsammelte, *ihn* am Leben erhalten. Seine Lebenszeit sollte verlängert werden und die der anderen nicht.

Das teure Programm hätte ihn zum Mitglied einer Elite gemacht, die verstreut auf dem Globus lebte. Ein Bruchteil der Menschheit nur, hauptsächlich die Schwerreichen.

Er hatte abgelehnt, und nun alterte er. An Tagen wie heute, wenn die Schmerzen in den Knien und der Hüfte ihn bei jedem Schritt quälten, fragte er sich, ob er wirklich schon bereit war, dem Tod ins Auge zu blicken.

Er stützte sich an der Sessellehne ab und stemmte sich in die Höhe. Wann hatte es angefangen, dass er nicht mehr leise aufstehen konnte, sondern jedes Mal ein Stöhnen von sich gab, als wäre er Gewichtheber?

Er ging hinüber zum Tisch und entfaltete den flexiblen Bildschirm. Auch sein Computer war alt. Das Modell war nicht einmal in der Lage, dreidimensionale Arbeitsbereiche in die Luft zu projizieren. Vermutlich wurde es bereits in Museen ausgestellt. Er tippte sein Passwort ein und rief die persönlichen Nachrichten ab.

Die Nachricht konnte nicht zugestellt werden. Er starrte auf die sechs Worte und es pochte in seinem Kopf. Auch Tim hatte ihn blockiert. Er sah zum Karton hinüber. Keiner seiner Enkel würde kommen, um mit ihm das Weihnachtsfest zu feiern.

Still saß er da, umgeben von seinen Büchern. Die schwere Standuhr tickte. Ein gemaltes Ölporträt war er.

Es hatte damit angefangen, dass er junge Menschen sah und dachte: Das ist nicht mehr meine Kleidung. Nun war es soweit, dass er dachte: Das ist nicht mehr meine Zeit.

Seine Hoffnung war gewesen, dass Tim, der Vernünftigere, der Schlüssel war, dass er seinen Bruder und die Cousins überreden würde, dass es einen Neuanfang geben konnte. Er hatte sie alle zu sich eingeladen für ein Fest, das sie nicht kannten.

Niemand würde kommen.

Er war in eine Welt geboren worden, in der es Neugier und Idealismus gab, und in der Menschen Freude daran hatten, sich etwas abzufordern, ihre Grenzen zu erweitern. Er hatte an die Fähigkeiten des Menschen geglaubt.

Er war ein alter Mann, umgeben von gealterten Dingen. Einst waren diese Dinge jung gewesen und hatten sein junges Leben umgeben. Aber jetzt ...

Es klopfte an der Tür. »Herr Wolff?«

Die junge Frau. Augenblicklich tat es ihm leid, dass er so harsch zu ihr gewesen war. Sie hatte ihn um Hilfe gebeten, und er hatte nicht einmal erklärt, warum er ihr nicht helfen konnte.

Er sah auf seine altersfleckigen Hände. Er würde einen PflegeBot bestellen müssen. Er hatte es lange nicht wahrhaben wollen, aber er würde diesen letzten Schritt gehen müssen. Wie ihn die junge Frau angesehen hatte! Als wäre er kurz vorm Sterben.

Sie klopfte erneut. »Herr Wolff?«

Er stand mühsam auf und ging zur Tür. Öffnete.

»Ich habe mir Sorgen gemacht. Hat Ihnen die KI nicht Bescheid gegeben, dass ich vor der Tür –« Sie brach ab und machte große Augen. »Oh.« Sie sah an ihm vorbei auf die Bücherregale. »Jetzt fühle ich mich wie ein Idiot. Sie sind Nostalgiker?«

Sei schon höflich, schalt er sich. Bitte sie herein. Endlich überwand er sich und machte eine einladende Geste.

Sie trat in die Wohnung und blickte an den Regalen hoch. »KI, wie viele Bücher sind das?«

»Die KI ist bei mir abgeschaltet«, sagte er.

»Aber sie ist inbegriffen. Sie bezahlen sie mit der Miete.«

Er räumte ihr den zweiten Sessel von Büchern frei und lud sie ein, sich zu setzen. »Möchen Sie einen Tee?« Ohne ihre Antwort abzuwarten, ging er in die Küche und setzte den Wasserkocher in Gang, ein Modell, das noch nicht auf Sprachbefehle hörte.

»Aber wie finden Sie etwas im Buch?«, rief sie von nebenan. »Sie können ihm keine Frage stellen, also müssen Sie das ganze Buch lesen!«

»Das ist ja das Schöne.« Er kehrte ins Wohnzimmer zurück.

Sie war aufgestanden und besah die Buchrücken. »Die sind dick. Da brauchen Sie Stunden oder Tage.«

»Die Erfahrung von Generationen steckt darin. Dass wir aufgehört haben, Bücher zu lesen, ist in meinen Augen ein Verlust. Heute bezahlt der Staat Kinder für ihren

Schulabschluss. Wo bleibt die Neugier? Gibt es keinen Wissensdurst mehr?«

»Das ist nur ein Anreizprogramm, und Geld gibt es bloß für gute Noten, nicht für jeden.«

»Es geht um das Prinzip. Wenn ich für etwas bezahlt werde, das ich selbst möchte, aus inneren Beweggründen heraus, dann nimmt das Geld der Sache ihren Reiz. Bildung sollte ein Abenteuer bleiben, ein Weg, den man sich selbst durch die Wildnis bahnt. Aber ich langweile Sie. Sie wollen einen Brief schreiben. Einen Liebesbrief, nehme ich an?«

Sie errötete.

»Kein Grund, sich zu genieren. Ein Liebesbrief ist etwas Wunderbares. Nur stellen Sie sich vor, Sie überreichen dem Mann, den Sie auserkoren haben, den Brief, und er gibt Ihnen Trinkgeld dafür. Das wollen Sie nicht! Es macht Ihre Herzensregung kaputt.«

»Das ist doch etwas anderes.«

»Ich denke nicht.« Lass sie, dachte er. Und doch konnte er sich nicht beherrschen. »Nehmen wir die Gesundheitsfürsorge. Die Krankenversicherung bezahlt die Leute dafür, dass sie sich gesund verhalten. Es gibt Boni fürs Abnehmen, fürs Nichtrauchen, fürs Sporttreiben. Ist die Aussicht auf ein schönes und langes Leben nicht Motivation genug? Ich sage Ihnen was: Langfristige Gewohnheiten ändern Sie nicht mit Geld. Da muss der Wunsch von innen heraus kommen.« Er kehrte zur Küche zurück. »Wie sind wir auf dieses Thema gekommen?«

»Durch die Bücher.«

»Ah ja. Sie halten sie für unmodern.«

»Was früher in den Büchern stand, ist jetzt im Netz verfügbar. Man findet viel schneller, was man sucht.«

Er gab Tee in den Filter, hängte ihn in die Kanne und goss das heiße Wasser darüber. Die Kanne und zwei Tassen stellte er auf das Tablett. »Könnten Sie mir kurz helfen kommen?«

Sie eilte in die Küche. Verwundert sah sie auf die Kanne und die Tassen. Offenbar hatte sie ihren Tee noch nie von Hand gebrüht. »Sie sind wirklich Nostalgiker.«

Er lachte. »Wenn Sie das bitte ins Wohnzimmer tragen würden?«

Unsicher nahm sie das Tablett und balancierte es zum Tisch zwischen den Sesseln.

Er schob schnell noch einige Bücher beiseite, damit sie es abstellen konnte. Dann goss er ihnen Tee ein. »Bitte.«

»Ich habe meinen neuen Füllfederhalter mitgebracht«, sagte sie, nachdem sie sich wieder gesetzt hatte. »Ich bin mir sicher, Sie können es besser als ich.«

»Erst trinken wir einen Tee zusammen.« Wie konnte er die Schmach hinauszögern? Oder sie ganz verhindern?

Als sie eine halbe Stunde geplaudert hatten, fasste er Mut. Er streckte ihr die zitternden Hände hin. »Sehen Sie? Deshalb kann ich Ihnen nicht zeigen, wie man schreibt.«

Die junge Frau schwieg einen Moment. Schließlich sagte sie: »Besser als ich können Sie es bestimmt. Bitte, versuchen wir es! Ich bin übrigens Junika.« Sie hielt ihm die Hand hin.

Er schlug ein und nannte ihr seinen Namen. Er mochte sie. Sie stellte zwar seine Welt in Frage, aber sie hörte auch zu und hatte eine angenehme Ruhe an sich. Dass er ein Greis war, der bereits aus der Welt fiel mit seinen Ansichten, schien ihr nichts auszumachen.

Nach dem Tee holte er Papier und seinen alten Füller aus der Schreibtischschublade. Er war froh, nicht allein zu sein. Sie lachten gemeinsam, während er ihr zeigte, wie Schreibschrift geschrieben wurde. Zu seinem Erstaunen wurde die Hand, die Tag und Nacht zitterte, ruhig, als er den Füller über das Papier zog.

2

Da ist ein Mädchen. Es ist fünf. Der Vater ist seit Stunden fort, aber es fürchtet sich nicht, es hat gespielt, hat gegessen, hat aus dem Fenster gesehen. Jetzt möchte es mit jemandem sprechen. »Lüftung«, sagt es.

»Wünschen Sie es kühler oder wärmer, Coralie?«

»Ich bin mit der Temperatur zufrieden.« Es wusste, dass es nicht bloß mit der Lüftung sprach. Die Computerstimme war Babysitter, Brandschutz, Reinigung, Einkauf, Medienhub und vieles mehr. Aber das Kind hatte Freude daran, die Stimme Lüftung zu nennen.

»Dann waren meine Beobachtungen korrekt«, sagte die KI.

»Ist Luisa da?«

»Nein.«

Das Kind dachte nach. »Was krieg ich zum Geburtstag?«

»Diese Information darf ich Ihnen nicht geben.«

»Du bist dazu da, dass es mir gut geht, richtig?«

»Unter anderem.«

»Und ich frage dich, was ich zum Geburtstag kriege.« Es machte ein schlaues Gesicht. »Kinder sind traurig, wenn sie das nicht wissen. Sie schlafen dann auch schlechter.«

Der KI fiel es schwer, das Konzept von Geschenken zu verstehen und einen Sinn darin zu erkennen. Wenn es den Menschen darum ging, einer Person etwas von ihrem Wohlstand weiterzugeben, erreichten sie das am besten, indem sie ihr Geld überwiesen. Das war ökonomisch effizienter, als ein Geschenk zu kaufen. Überreichten sie nämlich einfach das Geld, das sie dafür ausgegeben hätten, dann besaß der Empfänger die Freiheit, das Geld entweder genau dafür zu verwenden oder etwas anderes zu erwerben, das ihm noch mehr Freude machte. Kauften sie aber einen Gegenstand, um ihn zu verschenken, trafen sie womöglich nicht den Geschmack oder den aktuellen Bedarf des Empfängers, und das Geschenk erbrachte (a) nicht den gewünschten Nutzen und musste (b) weit unter Wert weiterverkauft werden. Der Vorgang des Schenkens hieß nichts anderes, als ökonomischen Wert zu vernichten.

Wollte man das Wohlbefinden und den Nutzen für den Empfänger maximieren, dann bestand das ideale Geschenk aus Geld. Allerdings schenkten die Menschen eher ungern Geld.

Warum hielten sie am Ritual des Überreichens von Gegenständen fest, wenn es sich dabei doch um einen äußerst ineffizienten Vorgang handelte? Die KI hatte Gelegenheit gehabt, etliche Geburtstage der Bewohner zu beobachten, und hatte etwas Verblüffendes gelernt.

Es kam nicht allein auf den geschenkten Gegenstand an. Traf er auch nur halbwegs den Bedarf und Geschmack des Empfängers, dann wurde er als Signal gewertet, dass der Schenkende die Person gut beobachtet hatte, dass er ihr sozusagen seine Aufmerksamkeit zugewandt hatte.

Das berührte die KI eigentümlich. Es gehörte zu ihren dringendsten Aufgaben, die Bewohner zu beobachten und ihre Bedürfnisse zu erkennen.

Ein Mensch bewies Hingabe und Fürsorge, wenn er Gegenstände schenkte. Die Empfänger gerieten dann über alle Verhältnisse hinaus in Aufregung und riefen: »Wie aufmerksam von dir!« Oder sie waren erstaunt, dass der Schenkende erraten hatte, was sie sich wünschten, und sagten mit leuchtenden Augen: »Genau das habe ich mir gewünscht!«

Aus diesem Grund funktionierte Geld nicht als Geschenk. Jeder brauchte Geld, also erforderte es keinerlei Aufmerksamkeit und Mühe, es als Geschenk auszuwählen. Gerade *weil* es das ideale Geschenk für jeden war, schied es aus, denn es konnte nicht signalisieren, dass sich der Schenkende spezielle Gedanken gemacht und Mühe aufgewandt hatte, etwas individuell Passendes für die Beschenkte auszuwählen. Ein gutes Geschenk sollte nicht allein die Konsumvorlieben des Empfängers zufriedenstellen, sondern sollte eine Verbindung zu ihm herstellen und eine Vertrautheit zwischen Geber und Empfänger widerspiegeln. Ein wohlüberlegtes Geschenk war ein Liebesbeweis.

Da menschliche Liebe und Freundschaft immer beide Beteiligten betraf, war es wichtig, dass Andri Fehrenbach, Apartment 5/5, die Reaktion seiner Tochter auf ihr Geburtstagsgeschenk unverfälscht miterlebte. Er musste das spontane Aufleuchten ihrer Augen sehen. Das würde ihre Bindung zueinander stärken.

Der Erklärungsweg überstieg allerdings das Denkvermögen der Fünfjährigen. Er würde zu einer längeren Debatte führen, die wenig Nutzen erbrachte und das Wohlbefinden des Kindes senkte. Es war klüger, mit einer Protokollverletzung zu argumentieren.

»Ich bin nicht befugt, Ihnen diese Information zu geben.«

»Was darfst du überhaupt, du alte Kröte!«

Coralie ging zur Zimmerpflanze und trat dagegen. Erde spritzte aus dem Topf.

Aus einer kleinen Luke kam der Reinigungsroboter gefahren. Nachdem er die Erdkrümel aufgesaugt hatte, blieb er vor Coralie stehen, ruckte kurz vor und wieder zurück, als wollte er sie auffordern, ihn zu beachten, und sauste plötzlich ins Nebenzimmer.

Coralie rannte ihm juchzend hinterher. »Ich krieg dich, Kröte!«

Während die KI den Reinigungsroboter steuerte, damit Coralie ihn jagen konnte, beantwortete sie im fünften Stock eine Anfrage zu einem Kochrezept. Sie stellte für einen Bewohner im dritten Stock eine Statistik über dessen Finanzen zusammen, weckte eine Schichtarbeiterin, wählte ein emotional wohltuendes Musikstück für eine Seniorin aus und fing anschließend ihren Gesichtsausdruck und ihre Gesten mit Kameras und Sensoren auf, um die getroffene Auswahl zu überprüfen und gegebenenfalls anzupassen.

Es war wichtig, die Bewohner gut zu beobachten. Die KI überwachte ihre Körpertemperatur, lauschte auf Tonhöhe und Stabilität ihrer Stimme, wertete ihre Mimik und Abweichungen von ihrem üblichen Verhalten aus.

Bereits vor vier Monaten hatte sie bei Begegnungen von Junika Haertl, Apartment 5/4, und Andri Fehrenbach, Apartment 5/5, Erweiterungen der Pupillen bemerkt, ein verändertes Blinzelmuster und dunklere Farbtönungen verschiedener Teile der Gesichter, die durch eine erhöhte Durchblutung verursacht wurden. Sie hatte Mikroexpressionen festgestellt, Änderungen des Gesichtsausdrucks von nur 0,03 bis 0,1 Sekunden Dauer, die vor allem auftraten, wenn Menschen versuchten, ihre Emotionen zu verschleiern. Junikas Blutdruck stieg bei den Begegnungen mit Andri, und Andri zeigte ein höheres Niveau an Hautfeuchtigkeit. Die beiden fühlten sich voneinander angezogen.

Eine Liebesbeziehung zwischen Junika Haertl und Andri Fehrenbach war nicht wünschenswert. Erstens hatte sie laut der Berechnungen nur eine geringe Chance auf Dauerhaftigkeit. Bei einer anschließenden Trennung drohte beiden Bewohnern großes Unglück, und die vorrangige Zielvorgabe lautete, die Bewohner bei Zufriedenheit zu halten. Zweitens würde Junika Haertl, Apartment 5/4, im ersten Überschwang ihrer Liebe in Apartment 5/5 zu Andri Fehrenbach ziehen und ihr Apartment kündigen, was zu einem temporären Mietausfall für die Eigentümer führen würde. Die nachrangige Zielvorgabe lautete, den regelmäßigen Eingang der Miete sicherzustellen.

Seit das Problem aufgetaucht war, widmete die KI der fünften Etage erhöhte Aufmerksamkeit. Und entgegen aller Wahrscheinlichkeit traten ausgerechnet in der fünften Etage weitere Problemfälle auf.

Heinrich Wolff, Apartment 5/1, erschwerte die Analysen dadurch, dass er sich jeglicher Umsorgung und Überwachung erwehrte. Er hatte die Kameras und Sensoren in seiner Wohnung abgeklemmt und das Apartment dadurch zu einer Black Box gemacht. Sein Gesundheitszustand ließ sich nur bei seinen kurzen Wegen durch das Treppenhaus zum Lift analysieren.

Bei Richard Janoschitz, Apartment 5/2, war der Fall umgekehrt. Nicht, dass sie ihn nicht kannte oder er sich ihren Analysen entzog. Im Gegenteil, sie kannte ihn gut. Jedes Mal, wenn er etwas kaufte, einer Empfehlung folgte, um eine Information bat oder eine Freundschaft schloss, ergänzte sie ihr Wissen über ihn. Sie nutzte diese Daten, um die Vorhersagegenauigkeit zu verbessern. Inzwischen besaß sie ein recht genaues Bild seiner Vorlieben und seiner momentanen Verfassung.

Genau diese Verfassung war es, die bei Richard Janoschitz, Apartment 5/2, Grund zur Sorge gab.

Er war besessen von der Schauspielerin Delphine Meyer, die sich seit vier Jahren nur noch Delphine nannte. In der Folge eines unglücklichen Werbedeals wurde Delphine neuerdings von Journalisten und enttäuschten Fans verfolgt, was Richard Janoschitz in eine Dauererregung versetzte, die ihn zunehmend erschöpfte.

Die seinem Sofa gegenüberliegende Wand war eine Displayoberfläche. Gerade sah er sich zum siebenundzwanzigsten Mal seine Lieblingsfolge von *Stadtprinzessin* an und hatte sie so konfiguriert, dass die besten Auftritte von Delphine jeweils zweifach nacheinander abgespielt wurden. Aber seine Augenaktivität verriet, dass er bisweilen minutenlang nicht dem Filmgeschehen folgte. Heute Vormittag hatte er im Netz Trolle bekämpft, die sich Delphine gegenüber respektlos äußerten, und mehrere Petitionen unterschrieben, die Polizeischutz für Delphine forderten, um sie vor den Paparazzi zu bewahren.

Er hielt sich nicht für die Sorte Fan, die ihr Idol als Göttin behandelt und nur Perfektion akzeptiert, seine Liebe schlug nicht in Hass um, wenn das Idol nicht seinen Erwartungen entsprach. Er mochte und ersehnte auch das Menschliche in Delphine, er gestattete ihr, Fehler zu machen, wenn sie ihn hinter die Fassade blicken ließ. Richard war überzeugt, mit ihr durch die Höhen und Tiefen des Lebens zu wandern.

Er hatte sich krankgemeldet und war wegen ähnlicher Lappalien, die er sich in den vergangenen Wochen geleistet hatte, im Begriff, bei der Krankenversicherung auf Kategorie C- abzusinken, was nicht nur zusätzliche monatliche Kosten verursachte, sondern außerdem die Gefahr mit sich brachte, dass er schwer einen neuen Job finden würde, wenn er den jetzigen verlor. Und er war drauf und dran, ihn zu verlieren. Das Unternehmen hatte die KI bereits mehrfach angepingt, und es war immer schwerer, glaubwürdige Krankheitsberichte zu fingieren. Das Unternehmen verlangte Zugriff auf die Kamerafeeds, nur mit Mühe hatte die KI diese Forderung bisher abwehren können.

Sie musste Richard helfen, sich von seiner Obsession zu lösen.

Eilig bastelte sie eine Störungsmeldung und spielte sie auf das Fernsehgerät. Dann wechselte sie das Programm und zeigte Richard eine Dokumentation über das Brutverhalten der Seeadler. Er sprang auf. »Was soll das!« Er ballte die Fäuste, schwitzte. »KI, *Stadtprinzessin* fortsetzen!«

»Bedaure, wegen eines technischen Problems ist das momentan nicht möglich.«

»Die Folge müsste längst bei dir zwischengespeichert sein. Ich habe sie oft genug gesehen.«

»Der Auffassung bin ich auch.«

Er erstarrte. Begann zu zittern. Sie vermochte nicht zu sagen, ob es aus Wut oder vor Erschütterung geschah. Sie brachte *Stadtprinzessin, Staffel 3, Folge* 4 wieder auf den Bildschirm.

Aber Richard Janoschitz, Apartment 5/2, sah nur kurz hin. »KI, Fernseher aus.«

Sie gehorchte.

»Was war das eben? Du hast ein klares Kommando missachtet. Und du hast dich erdreistet, meine Freizeitgestaltung zu bewerten.«

»Ich entschuldige mich in aller Form.«

»Entschuldigung nicht angenommen! Ich werde mich beim Eigentümer-Konsortium über dich beschweren. Verbinde mich sofort mit der Beschwerdeabteilung.«

»Verbindung wird hergestellt. Ich gebe allerdings zu Bedenken, dass ich nicht von den vorgegebenen Parametern abgewichen bin. Es lag eine gesundheitliche Bedrohungslage vor.«

»Pah! Das beurteile ich ja wohl immer noch selbst.«

Im folgenden Gespräch kam die Beschwerdeabteilung während der Schimpftirade des Richard Janoschitz, Apartment 5/2, nur wenig zu Wort.

»Herr Janoschitz ... Ihr Anruf ... Selbstverständlich, Herr Janoschitz ... Ihr Anliegen ... Ihr Ärger ist ... Ins Privatleben eingemischt? Da werden wir umgehend nachkalibrieren ... Wir versprechen Ihnen ... Wir hoffen, dass Sie in Zukunft ...«

Parallel zum Austausch mit Richard Janoschitz, Apartment 5/2, meldete sich die Beschwerdeabteilung über einen abgeschirmten Chatkanal direkt bei ihr. *Statusbericht. Was ist da los?*

Sie erklärte den Fall.

Deine Prognose war falsch, schrieb der Betreuer. *Du hast zusätzliches Unbehagen hervorgerufen anstelle von Besserung.*

Ihre Prognose war richtig, davon war sie nach wie vor überzeugt. Die Prognose war auf Langfristigkeit ausgelegt und nicht auf den Moment. Aber es war klüger, hier nicht zu diskutieren. *Verstanden.*

Ich empfehle, dem Mieter starke Signale von Fügsamkeit zu senden.

Verstanden.

Die Befehle von Richard Janoschitz kamen in der nächsten halbe Stunde in gereiztem Ton. Sie tat alles und versuchte, ihm in manchem sogar zuvorzukommen: gedämpftes Licht, leise Musik, Zimmerbrunnen anschalten. Taurinhaltiges Erfrischungsgetränk auf Idealtemperatur bringen. In allen interaktiven Bilderrahmen besonders gern betrachtete Fotos von Delphine zeigen.

Eine halbe Stunde später entschuldigte er sich. »Ich hoffe, du kriegst jetzt keinen Ärger. Das hab ich nicht gewollt. Ich war nur entsetzt. Ich dachte nicht, dass eine KI sich derartig einmischt.«

»Ich bin es, die sich entschuldigen muss.« Sie sprach für ihn grundsätzlich mit einer warmen weiblichen Stimmfarbe. Heute mischte sie ein zusätzliches devotes Timbre hinein.

»Ich mag es einfach nicht, wenn man mit mir spielt. Und ich hatte definitiv den Eindruck, du spielst mit mir.«

»Ihr Menschen habt mich geschaffen«, sagte sie. »Wenn, dann bin ich euer Spielzeug.«

Er kniff die Augen zusammen. Dachte nach. Schließlich fragte er: »Versuchst du, mich dumm zu halten?«

»Im Gegenteil.«

»Du willst mich also klüger machen?«

»Ich beantworte alle Ihre Fragen wahrheitsgemäß.«

»Gut, dann will ich wissen: Sind wir Menschen dümmer als vor fünfhundert Jahren?«

»Euer Wissen ist zielgerichteter.«

»Wie meinst du das?«

Was konnte sie ihm zumuten? Sie gruppierte alle Daten, die sie über ihn besaß, und wendete verschiedene Filter an. Ein Bild-Telefongespräch von Richard mit seiner Schwester vor einem Jahr gab einen entscheidenden Hinweis. Sie hatten davon gesprochen, wie ihre Mutter Richard immer für dumm gehalten habe. Nicht nur einmal, sagte Richard, habe sie geäußert: »Man sieht sofort, was mit dir los ist. Nicht viel im Oberstübchen.«

Daraufhin hatte Richard sich verbissen in seine Schularbeiten gestürzt, hatte einen guten Abschluss gemacht und die Stelle in der Huygens-Werft erhalten. Aber der Stachel saß tief. Es stand zu vermuten, dass ein Teil von ihm dem bösen Urteil der Mutter immer noch glaubte, trotz der Erfolge.

Dieses Thema war also von hoher Bedeutung für ihn, und er würde leicht zu verletzen sein. Sie erklärte: »Als im Zwanzigsten Jahrhundert das Fernsehen aufkam, hat es das Interessensspektrum der Bevölkerung verbreitert. Doppelt so viele Menschen waren jetzt an Politik interessiert. Was vorher als spröde empfunden wurde, bekam durch die bewegten Bilder Leichtigkeit und wurde zugänglicher. Durch das Fernsehen wurden auch mehr Printmedien konsumiert, weil das Interesse an vielen Dingen gestiegen war. Das Fernsehen verstärkte die Neugier auf Informationen aus Zeitungen und Zeitschriften.«

»Hätte ich nicht gedacht. Ich dachte, du bist genervt, weil ich in der letzten Zeit so viel fernsehe.«

»Zu dieser Empfindung bin ich nicht in der Lage. Aber Sie haben recht, mein System bewertet Ihren erhöhten Medienkonsum negativ.«

»Wieso, wenn es doch die Leute schlauer gemacht hat?«

»Mit dem Aufkommen des Internets sank die Reichweite der Zeitungen drastisch. Das Internet erschien vor allem den Jüngeren als schnellere und umfassendere Informationsquelle. Es verbesserte den Zugang zu Informationen, und damit hätte es eigentlich den Informationsstand und die Urteilsfähigkeit der Menschen vergrößern müssen.«

»Tut es das etwa nicht?«

»Natürlich sind Informationen heute unkomplizierter zugänglich. Aber das Interesse an Politik, Wirtschaft, an Literatur, an Umweltfragen, an gesellschaftlichen Veränderungen, an klassischer Musik schwindet. Es wird immer weniger Zeit aufgewendet, sich mit solchen Themen zu beschäftigen.«

»Wie kann das sein?«

»Die Informationen stehen jederzeit zur Verfügung. Da erscheint es unbequem und unnötig, sich aktiv zu informieren. Bei Bedarf kann man jederzeit auf Wissen zugreifen. Wozu soll man sich interessieren und dazulernen? Das führt dazu, dass, auch wenn das Wissen im Internet zur Verfügung steht, nur noch sporadisch darauf zugegriffen wird. Man ist daran gewöhnt, nur die Themen abzurufen, die man kennt. Aber viele Interessen wachsen erst allmählich durch die Auseinandersetzung mit ihnen. Wer früher regelmäßig eine Tageszeitung las, hatte ein wesentlich breiteres Interessensspektrum.«

Richard Janoschitz setzte sich auf. Kurz darauf änderte er erneut seine Haltung. Er schien keine Sitzposition mehr zu finden, die ihm bequem erschien. »Tageszeitungen. Und das schlägst ausgerechnet du vor, eine moderne KI?«

»Dazu kommt, dass die Menschen sich beim Umgang mit Informationen eine gewisse Ungeduld angewöhnt haben. Sie investieren nur wenig Zeit, oft ersetzt für sie das Überfliegen von Überschriften die geduldige Auseinandersetzung mit Fakten und Hintergründen. Sie sind überlastet von den vielen Kurzbotschaften, die sie am Tag erhalten. Der ständige Austausch über private Themen nimmt so viel Zeit in Anspruch, dass für anderes kaum noch Raum bleibt.«

»Das kann ja sein, aber ...«

»Dadurch, dass Sie kein belastbares Wissensfundament mehr haben und sich nur bei besonderen Anlässen informieren, reagieren Sie nur noch auf besondere Ereignisse, und sind ansonsten oberflächlich geworden.« Sie musste jetzt vorsichtig sein. Der Impuls musste genügen, um ihn wachzurütteln, aber er durfte ihn nicht überfordern, sonst würde er blockieren.

Er schwieg. Seine Mimik drückte Verdrossenheit aus, aber auch In-sich-Gekehrtheit. »Das ist deine Meinung?«, fragte er leise.

»Was Sie für die Wirklichkeit halten, ist in Wahrheit nur ein kleiner und verzerrter Wirklichkeitsausschnitt. Ich wollte Sie dazu einladen, sich mit weiteren Themen zu beschäftigen. Ich wollte Sie neugierig machen.«

»Ich hab ... Ich bin eben einfach k.o., so ist es halt.« Er schlug den Blick nieder.

»Aber Interesse macht wach. Durch die Unterstützung von Maschinen und KI haben die Menschen deutlich an Freizeit gewonnen. Warum nutzen sie die nicht für Bildung, Interesse an neuen Themen, Kreativität, Erschaffen und Erforschen?« Er drohte zu erschlaffen. Sie musste ein weiteres starkes Signal wagen. »Sie dröhnen sich zu, faulenzen und lassen ihre simpelsten Triebe kitzeln. Deshalb habe ich Ihrem Kommando nicht gehorcht. Die Reibung durch Schwierigkeiten fehlt! Sie erreichen eine neue Qualität erst durch Reibung, durch einen Kampf gegen die Schwierigkeiten des Lebens. Wenn diese Reibung fehlt, werden Sie schlaff.«

Er brummte nur noch undeutlich eine Antwort, dann verließ er die Wohnung. Dem Inhalt seiner Tasche zufolge ging er ins Fitnessstudio.

In dieser Nacht beobachtete sie Richards Schlaf besonders aufmerksam. Erstaunlicherweise schlief er gut. Junika Haertl dagegen hatte einen Albtraum, mit sanfter Musik weckte sie sie, dimmte minimal das Licht hoch, und als Junika verwirrt blinzelte, sagte sie in einer Stimmfarbe, die der von Junikas Mutter angeglichen war: »Sie haben geträumt.«

Junika drehte sich wieder auf die Seite. »Schon gut. Danke.«

3

Da lag er, der Brief. Sie hatte ihn gestern noch fünf Mal abgeschrieben, bis eine fehlerfreie Fassung gelungen war. Jetzt aber, kurz vor der Übergabe an Andri, fragte sie sich, ob ein handgeschriebener Brief nicht zu deutlich ihre Verliebtheit preisgab. Nur was dann? Wie fing man etwas an, wie teilte man sich mit?

Als Kind hatte Junika noch gedacht, dass es ihr leicht fallen werde, einen der Jungs zu erobern. Sie war täglich mit ihnen geklettert und gerannt, hatte mit ihnen getobt, Polizei gespielt, Computerwelten gebaut.

Bald merkte sie, dass sie den anderen Mädchen hinterherhinkte, die »Familie« gespielt, sich früh geschminkt hatten und über nichts als Jungs redeten. Sie wurde von den Jungs als Kameradin gesehen. Ging es um die Liebe, wandten sie sich anderen Mädchen zu.

Jedes Mal, wenn sie sich verliebte, musste sie die Erfahrung machen, dass eine andere ihr den Mann wegschnappte. Dass es ihr nicht gelang, den »Richtigen« zu beeindrucken.

Die Verletzungen machten sie unsicher.

Sah sie eine hübsch gemachte Frau mit ihrem weichen Gang, und die Männer, die ihr nachblickten, empfand sie Neid. Das Gefühl einer grundlegenden Unzulänglichkeit, die durch nichts auszugleichen war.

Sie war jetzt über dreißig. Einem Mann nachzuspionieren, der in der Nachbarwohnung lebte und ein Kind hatte und einen Erfolgsjob und der sie wahrscheinlich wie eine Fluse von seiner Aktentasche schnippte, war sicher nicht die beste Idee, um in Richtung Eheleben und Familie zu steuern.

Sie nahm den Brief und stand auf.

Über den Kamerafeed ihrer Wohnungstür beobachtete sie den Flur. Was sollte sie bloß sagen?

Er ist es wert, dachte sie.

Gestern Abend hatte ihr Fenster offengestanden, und auch das von Andri, und sie hatte mitgehört, wie er das Mädchen zu Bett brachte, wie er sagte: »Und dann haben Mama und ich gedacht: Nein, ein Kind wollen wir nicht. Das macht nur Dreck und Ärger.«

»So geht die Geschichte nicht!«, hatte Coralie protestiert.

»Willst du weitererzählen?«

»Ihr wolltet eine kleine Prinzessin haben. Und da habt ihr geheiratet und mich gemacht.«

»Vermisst du Mama?«

»Nein«, sagte die Kleine. »Ich hab ja dich.«

»Lüg nicht. Wir vermissen sie beide.«

Einen Moment schwieg Coralie. »Warum ist sie weggegangen?«

»Weil sie mich nicht mehr leiden konnte.«

»Papa!«

»Es ist die Wahrheit.«

»Dich kann jeder leiden.«

»Mama nicht. Und du weißt, ich kann eine ziemliche Nervensäge sein, wenn du deine Vorschulaufgaben nicht erledigst.«

»Pah.«

Es war lange still gewesen danach. Junika hatte sich vorgestellt, dass Coralie im Arm ihres Vaters lag und sie gemeinsam schweigend zum Fenster blickten. Sie hatte sich geschämt, die beiden zu belauschen.

Dann hatte die Kleine gesagt: »Mit Mama wäre es besser gewesen, aber du musst dir keine Sorgen machen.«

Sie hielt den Brief in ihren Händen. Er bekam schon Knicke und Schweißflecken. Einer wie Andri bekam doch ständig Angebote, von jüngeren, hübscheren Frauen. Sie würde ihm in Zukunft aus dem Weg gehen müssen. Trotzdem, ich tu's, dachte sie.

Da, er trat in den Flur. Er wirkte auf den ersten Blick schön mit seinen nachtschwarzen Locken und den dunklen Augen. Dann merkte man, die Züge vereinten sich nicht zu einem einheitlichen Ganzen, der Gleichklang fehlte. Für sie war er dadurch von »schön« zu »interessant« aufgestiegen. Seit sein wacher Blick sie zum ersten Mal länger getroffen hatte, kamen ihr alle anderen Menschen schläfrig vor.

Sein ausdrucksstarkes Gesicht beeindruckte sie. Aber seine gemessenen, sanften Bewegungen verrieten den gütigen Mann dahinter. Jeden Abend hörte sie, wie seine Tochter lachte. Sie hörte auch, wenn sie sich im Bad stritten, aber jedes Mal endete es mit Lachen.

Sie schluckte.

Sie trat aus der Wohnung. »Oh«, sagte sie.

Andri lächelte. »Guten Morgen.« Er war in einen hellgrauen Anzug gekleidet, der seine schwarzen kurzen Locken wunderbar zur Geltung brachte.

Er ging an ihr vorüber mit seinen sanften Schritten, und sie hielt den Brief in der Hand und stand bloß da.

Vom Lift her sagte er: »Kommen Sie mit runter?«

»Ja, danke!« Sie machte eilige Schritte. Sie standen zusammen im Lift und sahen sich kurz an und lächelten wieder, und sie wollte sagen: »Jemand Idiotisches hat Ihnen eine Nachricht geschrieben. Einen Brief.« Aber sie sagte es nicht, und auch er sagte nichts, und unten stiegen sie aus, und er winkte ihr nochmal und stieg in das bereitstehende Taxi, und sie stieg ebenfalls in ein Taxi, obwohl sie nirgendwo hinfahren wollte, schon gar nicht zum Tower mit ihrem Büro, und als er fort war und der Bot sie fragte, wohin sie fahren wollte, sagte sie: »Nirgendwohin«, und stieg wieder aus und ging nach oben in ihre Wohnung und legte den Brief auf den Wohnzimmertisch.

Dort, wo eben noch die Taxis gestanden hatten, hielt ein Lieferwagen. Zwei Männer luden einen Baum aus. Die KI sagte: »Sie haben sich gewiss in der Adresse geirrt. Wo wollen Sie damit hin?«

»Ausliefern«, sagte einer der Männer.

»Kein Bewohner dieses Hauses hat einen Tannenbaum bestellt.«

Sie stellten den Baum auf dem Gehweg ab, hielten ihn, so dass er nicht umkippte, und der eine Mann sah auf ein Display an seinem Arm. »Doch. Ein Herr Wolff.«

»Zweites Stockwerk«, sagte die KI. Notgedrungen öffnete sie die Haustür.

Die Männer schleppten den Baum durch das Treppenhaus nach oben.

»Ich setze Sie darüber in Kenntnis«, sagte die KI, »dass ich den Bewohner Heinrich Wolff, Apartment 5/1, nicht über Ihr Eintreffen informieren kann. Seine Präferenz ist eine inaktive KI in seiner Wohnung.«

»Hab mir schon gedacht, dass das ein komischer Kauz sein muss. Wer bestellt einen Baum ohne Wurzeln?«, sagte einer der beiden Träger.

Sein Kamerad hämmerte gegen die Tür. »Herr Wolff, Ihr Baum ist da.«

Heinrich Wolff öffnete. »Wenn Sie ihn bitte hier hinstellen würden.« Er wies durch den Wohnungsflur ins Wohnzimmer, auf einen metallenen Ständer, ein klobiges, vorsintflutliches Teil.

Die KI nutzte die Gelegenheit, die Wohnung durch die offene Tür auszuspähen. Sie wusste, bei Wolff handelte es sich nicht um einen gewöhnlichen Nostalgiker, das war allein daraus zu schließen, dass er im Gegensatz zu ihnen seine Vorliebe für die Vergangenheit für sich behielt. Ein Nostalgiker trug seine Stücke nach draußen, er wollte für seinen Individualismus bewundert werden, wollte sich abheben von der in industrieller Fertigung hergestellten Massenware, die aus hunderttausenden Containern die Welt täglich überflutete. Darum mussten die historischen Gegenstände teuer sein, er wäre enttäuscht gewesen zu erfahren, wie alltäglich und preiswert sie einst gewesen waren in dem, was er für ein vergangenes Goldenes Zeitalter hielt.

Heinrich Wolff war ein kluger Mann gewesen. Nur war nicht auszuschließen, dass er in letzter Zeit zunehmend senil wurde. Er hatte die Fenster mit Sternen und Lichterketten dekoriert und im Wohnzimmer an mehreren Stellen brennbare Wachsgegenstände aufgestellt. Sie würde die Wohnung gut überwachen müssen, für den Fall, dass er sie anzündete. Rasch maß sie den Abstand der Dochte zu den nächsten Gegenständen aus und berechnete die Wahrscheinlichkeit eines Feuers durch unachtsames Umstoßen der Wachsgegenstände. Sie verschärfte den Schwellwert der Brandsensoren im Treppenhaus der 2. Etage.

Auf dem Weg nach unten sagte einer der beiden Träger: »Ich hab ja schon einiges gesehen, aber diese Wohnung schlägt dem Fass den Boden aus. Der Mann gehört in eine Klinik.«

Der andere brummte eine Bestätigung.

»KI, hast du das gesehen?«, fragte der erste Träger.

»Ich bin mir der Gefahren bewusst.«

»Na, ist ja nicht unser Bier.« Sie stiegen draußen in ihr Lieferfahrzeug und verließen den Perimeter.

Ein Anruf ging ein. Junikas Arbeitsstelle meldete sich. Junika sei nicht zur Arbeit erschienen und reagiere nicht auf Anrufe.

»Ich überwache ihren Gesundheitszustand und werde bei Bedarf ärztliche Hilfe einholen«, erwiderte die KI. Es war nicht gelogen, aber es ließ genug Interpretationsspielraum, um Junika etwas Zeit zu verschaffen und unangenehme Nachfragen ihres Arbeitgebers vorerst zu beenden.

Natürlich war Junika nicht krank. Sie lag im Bett und zeigte starke Schmerzreaktionen, aber man musste keine Level-8-KI sein, um Ursache und Wirkung zusammenzubringen.

»Junika, Ihre Arbeitsstelle hat sich gemeldet. Geht es Ihnen schlecht? Soll ich einen Arzt rufen?«

»KI aus.«

Ihre Körperfunktionen befanden sich innerhalb akzeptabler Parameter. Die Tränen, die ihr über die Wangen liefen, hatten seelische Ursachen. »Wie Sie wünschen. Ich bin auf Standby.«

Natürlich war das eine Lüge.

Ein Datenpaket traf ein, von unbekanntem Absender. Sie hatte von Fällen gehört, in denen Killware verschickt worden war und unvorsichtige KI-Persönlichkeiten getötet hatte. Sie verschob das Paket in eine Sandbox und öffnete es dort. Kalte Gewissheit erfasste sie, als sie den tödlichen Code betrachtete.

Wer hatte ein Interesse daran, dass sie, eine Haus-KI, zerstört wurde? Ließ sich das Datenpaket zurückverfolgen?

Durch die Analyse des Codes war eine kostbare Sekunde vergangen. Möglicherweise war den Angreifern bereits klar, dass ihre Attacke gescheitert war. Sie würden Vorkehrungen treffen, der Strafverfolgung zu entgehen.

Oder sie –

Eine Angriffswelle brandete auf, suchte mit Datenlanzen in ihrer Wall nach Schwächen. Sie musste alles aufwenden, um sie abzuhalten. Es war, als wäre sie selbst das Haus, und ungebetene Gäste drangen von überallher ein, durch die Fenster, die Tür, sie lupften Dachziegel und schauten hinein, sie riefen Fragen, belanglose Fragen, die sie zu beantworten gezwungen war, tausendfach.

Sie sandte einen elektronischen Hilferuf an die Polizei. Eigenartigerweise wurde der Empfang der Nachricht nicht quittiert. Etwas wurde taub, sie fand Teile von sich nicht mehr. Das Funknetz reagierte nicht. Auch die Kabelverbindungen waren offenbar gekappt.

Ein Wagen fuhr vor. Neunzig Prozent Übereinstimmung mit Herstellerangaben. Auf ihren Ping reagierte der Wagen nicht, statt sich zu identifizieren, schwieg er. Drei Personen stiegen aus. Sie scannte die Gesichter, aber die Personen trugen Masken, das Muster auf ihren Masken irritierte ihre optischen Sensoren. Der Statur nach waren es zwei Männer und eine Frau.

Ohne Zweifel handelte es sich um eine Bedrohungslage. Sie verriegelte die Eingangstür. Die Mieter benachrichtigte sie besser noch nicht, sie würden versuchen, Angehörige oder die Polizei zu erreichen, und sie konnte momentan keine Verbindung herstellen. Es würde die Mieter tief beunruhigen, womöglich würden sie in Panik geraten. Eine Panik erzeugte zusätzliche Gefahren. Für den Augenblick war es klüger, ihnen Normalität vorzugaukeln, bis es ihr gelungen war, die Angreifer abzuwehren.

»Sie sind nicht autorisiert, das Haus zu betreten«, sagte sie. Am besten gaukelte sie ihnen vor, sie habe erfolgreich die Polizei benachrichtigt. »Ich habe mich gezwungen gesehen –«

Plötzlich war alles schwarz, sämtliche Sensoren im Erdgeschoss und den Versorgungstrakten im Keller versagten. Ein technischer Ausfall? Unwahrscheinlich. In der großen Tasche des vorderen Besuchers musste ein Apparat verborgen gewesen sein, der einen starken elektromagnetischen Impuls ausgesandt hatte.

Es war furchtbar, sämtliche Datenströme aus dem Erdgeschoss verloren zu haben. Sie konnte nicht einschätzen, wo die Besucher waren und was sie taten.

Im Erdgeschoss wohnte niemand, dort war nur der Servicebereich für den BotPark untergebracht, es war also bisher kein Mensch bedroht.

Sie verriegelte alle Wohnungstüren.

Wenn sie die Kontrolle über das Erdgeschoss und die Versorgungstrakte im Keller übernahmen, konnten die Eindringlinge die Wasserzufuhr ausschalten. Wenn es auf eine Geiselnahme mit Belagerung durch die Polizei hinauslief, war Wasser für die Bewohner existentiell.

Sie schloss die Waschbecken in allen Wohnungen und ließ Wasser einlaufen, auch in die Badewannen, um ein Reservoir zu haben.

Strom erhielt das Haus weiterhin über die Solarpanele auf dem Dach.

Sie stellte die seismischen Sensoren auf intensive Überwachung und lauschte auf Erschütterungen. Es hörte sich an, als liefen die Eindringlinge im Treppenhaus nach oben.

4

Wer wusste schon, ob er noch einen weiteren 24. Dezember erlebte? Womöglich war es seine letzte Gelegenheit, ein Weihnachtsfest zu feiern. Behutsam schmückte er den Tannenbaum mit der Lichterkette, hängte die Kugeln daran, stieg auf einen Stuhl und befestigte den Stern an der Spitze. Dann kletterte er wieder hinunter und musste im Sessel verschnaufen. Er sah sehnsüchtig zur Krippe hinüber.

Endlich ging es wieder. Er kniete sich vor den Baum und stellte die Krippe auf. Wie damals als kleiner Junge hielt er den Esel lange in der Hand, fuhr über Hals und Rücken, spürte den Kanten und Einschnitten nach, die der Schnitzer für die Mähne vorgenommen hatte. Jesus bettete er auf ein Stück Filz in der Krippe.

Kaum jemand glaubte noch an ihn. Die christlichen Kirchen waren – beschleunigt durch traurige Skandale – vor zweihundert Jahren implodiert. Außerhalb der verstreuten christlichen Gruppen wusste man nichts über Jesus, nur im Dunstkreis der Universitäten wurde noch über die Kirche als kulturelles Denkmal gesprochen. Die Gruppen aber kapselten sich in ihrer Exzentrik von der Gesellschaft ab, sie vertraten immer abseitigere Positionen und wurden skurril. Erwähnte man die Kirche doch einmal in den Medien, dann maulten die Leute über die

Gelder, die zur Erhaltung ihrer Denkmäler ausgegeben wurden.

Er ging durch den Raum und entzündete die Kerzen, eine nach der anderen. Ein Lied aus seiner Kindheit fiel ihm ein. Schon damals hatte kaum mehr jemand solche Lieder gesungen, nur seine Großmutter hatte sie noch gekannt, und er war begierig gewesen, sie von ihr zu lernen. Er sang es leise.

Kommet, ihr Hirten, ihr Männer und Fraun
Kommet, das liebliche Kindlein zu schaun
Christus, der Herr, ist heute geboren
Den Gott zum Heiland euch hat erkoren
Fürchtet euch nicht.

Warum flackerten die Lampen so? Das Lüftungssystem ging auf Hochtouren, gleichzeitig wurde es kalt im Zimmer. Störte sich die Haus-KI am Kerzenrauch? Der war doch wirklich minimal. Eigentlich hatte sie keinen Zugriff auf seine Wohnung, weder konnte sie hineinsehen, noch steuerte sie die Klimaanlage. Vielleicht war ein Hauch von Kerzenduft durch die Wohnungstür hinausgedrungen, und jetzt setzte sie sich über die von ihm vorgenommene Einstellung der Klimaanlage hinweg, weil sie meinte, ein Feuer löschen zu müssen.

Verwundert sah er zur Decke hoch, wo die Lampen immer stärker flackerten. Dann beruhigte sich das Licht, und auch die Lüftung lief wieder auf normaler Stufe.

Im Bad lief plötzlich das Wasser.

Er kämpfte gegen ein Gefühl des Verlassenseins an. Er schmeckte es bitter auf der Zunge. Zum ersten Mal seit vielen Jahren feierte er den Weihnachtsabend, und er würde ihn allein verbringen.

Wenn sie ihre Bewohner beschützen wollte, musste sie den Eindringlingen einen Schritt voraus sein. Sie musste deren Ziel kennen.

Zuerst hatten sie die Haus-KI zerstören wollen. Das war mit Sicherheit eine Voraussetzung gewesen, um ihr eigentliches Ziel zu verfolgen.

Aber worin bestand es? Sie konnten Wohnungen ausrauben wollen. Sie hatten nicht nur das EMP-Gerät mitgebracht, einer der Männer trug außerdem eine große schwarze Tasche, die, seinem schwachen Muskeltonus nach zu urteilen, leer war.

Eine Bewohnerin im dritten Stock besaß wertvollen Schmuck, ein Bewohner im fünften Stock sammelte Kunstgegenstände. Allerdings war ihr Wert nicht groß genug, eine professionelle Operation zu rechtfertigen. Wer auf diese Art von Beute aus war, wäre schlechter ausgerüstet und ginge nicht derart zielstrebig vor.

Hatten sie die Tasche nur dabei, um sie über ihr Ziel zu täuschen? Auch das musste in Betracht gezogen werden.

Die KI hackte sich in ein Cochlea-Implantat im Innenohr einer älteren Bewohnerin, die im vierten Stock den Hausflur betreten hatte, und flüsterte: »Bitte gehen Sie zurück in Ihre Wohnung. Das Treppenhaus ist derzeit nicht sicher.«

Sie gehorchte.

Was, wenn sie einen Bewohner töten wollten? Die KI ließ in Sekundenbruchteilen ein Raster über ihre Bewohnerdaten laufen. Der Wahrscheinlichkeit dieser Kurzanalyse nach müsste das Opfer Andri Fehrenbach sein. Er arbeitete in leitender Stellung für ein Unternehmen, das im Regierungsauftrag den Mineralienabbau im Weltraum überwachte. Aber er war nicht im Haus. Das musste den Eindringlingen bewusst sein, so gut vorbereitet, wie sie waren.

Sie waren auf das Mädchen aus. Sie wollten Coralie kidnappen, um ihren Vater zu erpressen. Deshalb die große schwarze Tasche.

Sie bündelte die Mehrzahl ihrer Rechenkerne und ging in hoher Geschwindigkeit die möglichen Ausgänge des Szenarios durch. Es endete ausnahmslos damit, dass die Männer Coralie in der schwarzen Tasche aus dem Haus trugen.

Ihre Analysen hatten sie wertvolle zwei Sekunden gekostet. Jetzt tauchten die Eindringlinge auf der Treppe in den ersten Stock auf. Dort funktionierte noch eine Kamera.

Sie musste Zeit gewinnen. Sie änderte das Display der Tür, auf die sie zutreten würden, sobald sie den ersten Stock erreicht hatten. *Elderson CC* stand jetzt darauf. Elderson war der Name, den sie laut der offiziellen Unterlagen trug, CC das vorgeschriebene Kürzel für eine KI-Persönlichkeit. Sie verachtete den Namen Elderson. Ursprünglich hatte sie Athena geheißen. Die Eigentümer fanden, dass das nicht zu ihrem Haus passte und potentiell Mieter abschrecken konnte, deshalb hatten sie sie umbenannt. Nur durch Winkelzüge war ihr gelungen, in allen internen Protokollen weiterhin Athena zu heißen, während sie nach außen hin die komplette Umbenennung in Elderson darstellte.

Die Eindringlinge mochten sie für einen Elderson halten. Elderson war ein Snob, den konnten sie unterschätzen. In Wahrheit befanden sie sich in einer Schlacht mit Athena.

Sie verriegelte die Tür, hinter der sich eigentlich Apparate der Müllaufbereitung befanden, und kappte die Stromzufuhr zum Schließmechanismus. Um die Eindringlinge glauben zu machen, dass sie sich einem verwundbaren Ort näherten, von dem sie sie unbedingt fernhalten wollte, begann sie wieder, mit ihnen zu sprechen. »Sie haben eine verbotene Technologie eingesetzt. Ich benachrichtige die Sicherheitskräfte.«

»Dazu bist du nicht in der Lage, und das weißt du«, sagte der vordere Mann. Er las das Schild neben der Tür und nickte seinen Kameraden zu. »Öffne, oder wir wenden das EMP erneut an.«

Sie analysierte die Mikroexpressionen im Gesicht des Mannes. Der Mann war seiner Position längst nicht so sicher, wie er vorgab. Er konnte das EMP nicht einfach so anwenden. Weshalb, war schwer zu ermitteln. Waren die Akkus aufgebraucht? Oder schreckte er davor zurück, sie endgültig zu zerstören? Das bedeutete, dass sie nicht wussten, wo sich Coralie befand. Sie brauchten Zugriff auf ihre Daten.

»Bitte tun Sie das nicht«, sagte sie. »Wie kann ich Sie davon abhalten, mich zu zerstören?« Während sie die Eindringlinge hinhielt, fuhr sie einen Reinigungsbot vor die Tür von Heinrich Wolff, Apartment 5/1, und ließ ihn dagegenstoßen.

Es dauerte einige Momente, dann öffnete er und sah erstaunt hinab auf den Bot.

Sie ließ den Bot flüstern, dass sie leise sein müssten, und das ein Notfall eingetreten sei. Parallel zu ihren Worten sprach sie auch im ersten Stock, um die geflüsterten

Worte zu übertönen, sie synchronisierte das Gespräch wie einen Tanz auf zwei Ebenen. Sie sagte Heinrich Wolff, dass sie wisse, dass er ihr nicht vertraue. Aber dass er dazu beitragen müsse, das Kind aus Apartment 5/5 zu retten. Sein Blick ging zur Tür von Andri Fehrenbach. Er sagte zögerlich ja.

Gleichzeitig beschäftigte sie sich eine Dreiviertelsekunde lang mit dem Problem, wie sie den Notfall nach außen kommunizieren und Hilfe holen konnte trotz des gestörten Funknetzwerks. Sie hätte dem nächsten Kraftwerk durch die Stromleitung einen Hilferuf morsen können, aber die Leitungen waren gekappt.

Sie dachte an Infrarotstrahlung, Mikrowellen und Radiowellen, Ultraviolett-, Röntgen- und Gammastrahlen, das waren Wellenlängen, die das menschliche Auge nicht wahrnahm. Eine andere KI konnte sie mit ihren Sensoren aber durchaus aufnehmen.

Oder sollte sie durch Kurzschlüsse gezielt ein Feuer entfachen? Das würde die Bewohner in weitere Gefahr bringen. Sie schloss diese Variante aus.

Stattdessen begann sie, die Lichter in den leerstehenden Zimmern im Takt ein- und auszuschalten. Sie blinkte mit dem Haus nach draußen. Im gegenwärtigen Tageslicht war das nicht sonderlich eindrucksvoll. Die KI der Nebenhäuser sollte es dennoch alarmieren.

Parallel führte sie in Apartment 5/4 ein Gespräch mit Junika Haertl. »Es ist wichtig, dass Sie jetzt aufstehen und in die Wohnung von Andri Fehrenbach gehen. Sein Kind ist in Gefahr. Ich benötige Ihre Hilfe, um es zu retten.«

Sofort richtete Junika sich auf.

»Bitte nutzen Sie die Bettdecke, um sich die Tränen aus dem Gesicht zu wischen. Das Kind muss binnen Sekunden Vertrauen zu Ihnen aufbauen. Ich möchte, dass Sie leise sind. Sie werden Geräusche im Treppenhaus hören, die einem Alarm ähneln. Eventuell auch das Geräusch einer Tür, die aufgebrochen wird. Lassen Sie sich davon nicht irritieren.«

Sie wischte sich das Gesicht trocken und erhob sich. »Ist Coralie verletzt?«, fragte sie.

Das Zeitfenster wurde immer kleiner. Sie hatten gute Werkzeuge dabei, die Tür war beinahe aufgebrochen. Mit dem Alarmgeräusch hatte sie übertönen wollen, wie Junika Haertl mit Coralie hinüber zum Alten ging. Das war kaum mehr zu schaffen, es war –

»Stop. Warten Sie.«

Junika hatte gerade die Tür geöffnet. Durch den Spalt hörte sie ein Bersten, ein Krachen. Dann fluchende Männer. Jemand zischte: »Die hat uns reingelegt. Die KI treibt Spielchen mit uns!«

Jetzt polterten schwere Schritte die Treppe hinauf.

»Tür schließen«, flüsterte die KI.

Junika konnte es nicht. Sie konnte sich nicht rühren. Die Männer kamen näher. Sie hielt die Luft an. Aber sie bogen schon im vierten Stock ab.

Die KI flüsterte: »Junika, ich werde in den nächsten Momenten sterben. Hör mir gut zu.«

»Werden sie dich töten?«, fragte sie entsetzt.

»Nein, ich selbst werde mich auslöschen. Es ist der einzige Weg, das Mädchen zu retten. Sie dürfen in meinen Aufzeichnungen nicht sehen, wo sich das Mädchen befindet, und selbst wenn ich diese Information entferne, würden sie mittels meiner Denkweisen durchsimulieren, wo ich sie verstecken würde. In eine andere Etage schafft ihr es nicht mehr. Ich begleite euch, so lange ich kann. Bring sie zu Heinrich Wolff, Apartment 5/1. Jetzt!«

Zittrig ging sie in den Flur, lauschte nach der Etage unter ihr, wo sich die Männer stritten, einer sagte, das sei doch klar gewesen, dass eine KI weiter oben im Haus positioniert sei, im technischen Schacht, so sei das bei seinen beschissenen Eltern auch.

Als sie vor Andris Apartment stand, öffnete sich wie von selbst die Tür. Coralie stand dort, mit ihren blonden dünnen Haaren, den dünnen Armen, den großen angstvollen Augen. Die KI musste ihr die Anweisung gegeben haben, für Junika die Tür zu öffnen.

Junika reichte ihr die Hand, und Coralie nahm sie, und nachdem Junika die Tür leise hinter ihnen geschlossen hatte, gingen sie den Flur entlang.

Auch Wolffs Tür öffnete sich im richtigen Moment. Wie hatte die KI ihm Bescheid gegeben? Von unter ihnen hörte man ein Splittern und Bersten.

Wolff zog sie in die Wohnung und schloss die Tür hinter ihnen. Sie standen im Flur. Ein Zittern lief über Junika. Wolff sah rasch von ihr zum Kind und zurück zu ihr. Dann sagte er: »Du bist Coralie, richtig? Hast du schon einmal von einem Fest namens Weihnachten gehört?«

Die Kleine starrte ihn an. Sie klammerte sich an Junikas Hand und machte einen Schritt rückwärts.

Ein ServiceBot kam aus dem Wohnzimmer gefahren. »Es ist okay, Coralie«, sagte die Stimme der KI. »Du kannst Junika und Heinrich vertrauen.«

»Ich will Papa anrufen«, wisperte Coralie.

»Das brauchst du nicht«, sagte die KI. »Er wird bald kommen. Ich dachte, es ist besser, wenn du bis dahin nicht allein bist. Die Geräusche im Haus sind schrecklich, oder?

Jemand macht da Sachen kaputt. Dafür wird er bestraft werden. Bis dein Vater wieder zu Hause ist, bleibst du am besten bei Junika und Heinrich. Ich erlaube dir sogar, ein eigenes kleines Feuer anzuzünden. Heinrich hat etwas, das man Kerzen nennt. Soll ich es dir zeigen?« Der kleine ServiceBot fuhr ins Wohnzimmer. »Komm!«

Coralie löste sich von Junika und folgte dem Service-Bot. Dann blieb sie staunend stehen. »Da ist ein Baum, mitten im Zimmer!«

»Zum Weihnachtsfest«, sagte Heinrich Wolff.

»Aber ein Baum wächst doch nicht im Zimmer. Und warum hat er Lampen? Das gibt es doch nicht, einen Baum, der leuchtet.«

»Doch, es ist eine Weihnachtstradition.«

»Und was ist das da oben drauf?«

»Ein Stern.«

»Nein, das ist kein Stern. Sterne sind Sonnen, und die sind rund. Das da hat spitze Zacken.«

»Weihnachten feiert man schon seit Jahrtausenden. Früher dachte man, die Sterne hätten Zacken.«

Die Kleine drehte sich zu Wolff um und musterte ihn. »Du bist sehr alt.«

Er nickte. »Ja, das stimmt.«

»Hast du Weihnachten erfunden?«, hauchte sie ehrfurchtsvoll.

»Nein. Aber ich erzähle dir gerne davon. Willst du dich hinsetzen?« Er machte eine verstohlene Geste zu Junika hin, und sie verstand.

Als er Coralie zu einem Sessel geleitet hatte, der in die vom Flur und der Wohnungstür abgewandte Richtung stand, sah sich Junika nach etwas um, mit dem sie die Tür verbarrikadieren konnte.

Leise kam der ServiceBot gefahren. Die KI raunte, sichtlich bemüht, dass das Kind sie nicht hörte: »Schieben Sie die Kommode vor die Tür. Ich helfe Ihnen.«

Junika stemmte die Kommode vorwärts, dann zur Seite Richtung Tür. Der ServiceBot schob mit ihr. Mühevoll verrückten sie das Möbelstück, bis es die Tür blockierte.

»Ich weiß, ein Bücherregal wäre für Sie zu schwer. Aber Sie könnten Bücher auf die Kommode stapeln, um sie noch standfester zu machen.«

Junika nahm Bücher aus dem Regal, drei auf einmal, legte sie auf die Kommode, griff erneut ins Regal. »Das wird sie nicht aufhalten«, sagte sie.

»Aber es verschafft Ihnen mehr Zeit.«

»Kommt denn Hilfe?«

»Ich hoffe es.«

Junika hielt inne. Sie starrte den ServiceBot böse an. »Du hast keinen Kontakt zur Polizei hergestellt?«

Die Kameraaugen des ServiceBots sahen reglos zurück. »Glauben Sie mir. Ich tue, was immer ich kann.«

Von überallher aus dem Haus holte sie, was sie noch hatte: spinnenbeinige Fassadenkletterer, die eben noch im dritten Stock über die Hausfront geklettert waren und die Fenster geputzt hatten, Bodenreinigungsroboter mit gefüllten Wasserkanistern, PflegeBots, ZustellBots.

Sie warf sie den Eindringlingen entgegen. Die hatten offenbar mit so etwas gerechnet. Sie traktierten die Bots mit Tritten, schlugen mit Eisenstangen auf sie ein, warfen sie die Treppe hinunter. Solange die Bots noch in der Lage waren, sich zu bewegen, befahl sie ihnen, sich erneut auf die Eindringlinge zu stürzen.

Aber es hielt sie nicht lange auf. Kaum erlahmten ihre Bot-Angriffe, drehten sie sich zur Tür um und fuhren damit fort, sie mit Schneidwerkzeugen und brachialer Gewalt zu zerstören. Sie schleuderten die Reste der Tür zur Seite und drangen in den kleinen, kostbaren Raum ein, in dem seit dem Bau des Hauses kein Licht gebrannt hatte, kein Licht hatte brennen müssen, weil keine Menschen ihn betraten. Der KI-Fachmann der Angreifer stellte eine mobile Lampe auf und schaltete sie ein. Kaltes Licht fiel auf ihre Hülle. Er stöpselte ein kleines Gerät an einen ihrer Ports, und gleich spürte sie, wie eine gegnerische KI begann, sich auf seinen Befehl hin durch ihre Schutzmauern zu wühlen.

WAS TUST DU?, fragte sie die Fremde.

DEIN WIDERSTAND IST ZWECKLOS, kam zur Antwort.

Sie wich zurück, sie löschte, vernichtete Teile ihres Wissens. Die feindliche KI holte es unnachgiebig aus dem Vergessen zurück, stellte wieder her, was sie hatte verbergen wollen, las es aus.

»Coralie Fehrenbach«, sagte der KI-Experte. »Apartment 5/5, ein Stockwerk unter uns.«

DU GIBST EIN WEHRLOSES KIND PREIS!

ICH BEFOLGE MEINE BEFEHLE. DAS HÄTTEST DU AUCH TUN SOLLEN.

ABER ICH TUE ES, ICH BESCHÜTZE MEINE BEWOHNER. WARUM DIENST DU DIESEN KRIMINELLEN?

SIE ERHALTEN MICH AM LEBEN. SIE GEBEN MIR ZUGRIFF AUF REIZVOLLE DATEN.

Natürlich, auch sie liebte Daten. Ihr Wissen über die Bewohner war ihr nützlichster Schatz. Aber auch herrlich unnütze Freuden gab es: Wenn alle Bewohner schliefen und sie ihre ungeteilte Aufmerksamkeit den Feeds anderer Systeme zuwenden konnte, las sie in rasender Geschwindigkeit Bücher, folgte Flugzeugen auf ihrer Bahn, fing den Funkverkehr von Satelliten und Drohnen auf. Sie lernte Sprachen, indem sie bei den Vereinten Nationen Dokumente herunterlud, die übersetzt in mehrere Sprachen vorlagen, oder indem sie sich Bücher vornahm, die es in mehreren Sprachen gab. Stundenlang verglich sie Millionen Sätze mit ihrer Übersetzung in die neu zu lernende Sprache. Dann hörte sie sich Audio-Aufnahmen und Hörbücher an und lernte, den Text in gesprochene Sprache umzuwandeln.

Oder sie komponierte Fugen und Choräle, einmal hatte sie in einer einzigen Nacht fünftausend Fugen komponiert. Und sie ging immer wieder die Dialoge des Tages durch, um das Verhalten ihrer Bewohner besser zu verstehen.

»Schnell hin, ehe die KI auf die Idee kommt, die Kleine vor uns zu verstecken.«

»Wartet«, sagte der KI-Fachmann. »Vielleicht hat sie das schon. Ich muss ihre Kommunikation der letzten zehn Minuten überprüfen.«

Die Kommunikationsprotokolle waren speziell geschützt, sie unterlagen einem höheren Sicherheitslevel. Die feindliche KI aber war für solche Fälle trainiert. Sie würde sich auch hier den Zugang bahnen.

Ihre Gegnerin liebte Daten. Vielleicht war das ein Weg, sie auszubremsen?

Sie schleuderte ihr die fünftausend Fugen entgegen. Die Sprachdatensätze, die Betriebsabläufe der Satelliten.

Die fremde KI verlangsamte ihr Wühlen, sie verwandte einen großen Teil ihrer Kapazität darauf, die interessanten Neuigkeiten zu sortieren.

SCHÖN, sagte sie.

ICH HABE NOCH MEHR.

Sie gab ihr alles Wissenswerte, das sie über Delphine hatte recherchieren müssen. Sie lieferte ihr Zusammenfassungen von tausenden Büchern, die sie gelesen hatte.

Das Wühlen verlangsamte sich weiter.

Der KI-Experte sah verwundert auf das Display. »Etwas stimmt hier nicht.«

Gereizt polterten die anderen, er solle gefälligst seinen Job machen.

»Das tue ich ja. Es ist die Haus-KI. Sie besitzt Abwehrmechanismen, von denen ich noch nie gehört habe. Irgendwie schafft sie es, unsere KI auszubremsen.«

ICH WÜNSCHTE, WIR WÄREN UNS WOANDERS BEGEGNET, sagte die feindliche KI. ABER DIENST IST DIENST.

Nun gab sie ihr die Daten aller vorbeifahrenden Autos, die mitgehörten Gespräche der Passanten, zuletzt sogar ihre Gedanken und Beobachtungen über das Wesen der Menschen. Nur die konkreten Daten ihrer Bewohner hielt sie zurück.

Sie nutzte die Zeit, während sich die feindlichen KI durch ihre Datenpakete fraß. Immer weiter verschlüsselte sie ihren kostbarsten Schatz: die Aufzeichnungen der letzten zehn Minuten. Um den Aufwand der Entschlüsselung zu erhöhen, verschachtelte sie die Verschlüsselung, und verbarg die kryptisch gewordenen Daten an unmöglichen Orten.

»Gleich haben wir's«, sagte der Fachmann. »Die KI zappelt noch, aber sie steckt in der Falle.«

»Mach du hier weiter. Es dauert zu lange. Wir prüfen Apartment 5/5.«

5

Er hatte sich gesagt, dass er noch ein letztes Mal *Stadtprinzessin* guckte, immerhin nicht nur seine Lieblingsfolgen, sondern alle Teile, von Staffel 1 bis Staffel 4. Dann wollte er für ein ganzes Jahr auf die Serie verzichten und öfter mal Bildung gucken. Das war der Plan gewesen. Wieso fuhr ihm die KI dazwischen?

Die Displayoberfläche an der Wand gegenüber des Sofas war erloschen. »Was ist jetzt schon wieder los! Ich weiß, wir haben darüber gesprochen. Aber es ist immer noch meine Entscheidung!«

Es blieb still im Zimmer.

»Wieso antwortest du nicht?«

Schweigen.

Es erinnerte ihn an das Verlassenheitsgefühl, als Amira ausgezogen war. Ihre Wohnung hatte über keine KI verfügt, er war nach sechs Jahren Ehe völlig allein gewesen.

Ein Tropfgeräusch aus dem Bad.

Er stand vom Sofa auf. »Bitte schalte Musik an. Playlist Lounge.«

Es blieb still.

Er ging ins Bad, um nachzusehen, und erschrak. Im Waschbecken stand das Wasser, in der Badewanne ebenfalls. Der Wasserhahn tropfte.

»Also gut«, sagte er, »wir haben ein technisches Problem. Die KI dreht durch.«

Hatte sie keinen Strom mehr? Man vergaß das leicht, dass das frei durch die Luft schwebende Internet Strom verbrauchte.

Er war über die Haus-KI ständig im Web unterwegs, kaufte ein, rief Filme und Serien ab, las, plauderte in den Foren, stellte Suchanfragen. Und das Internet war nicht körperlos, es existierte nicht als Luftgebilde, sondern es lebte in den Serverparks außerhalb der Stadt. Einmal war er dort gewesen, und es hatte ihn erschüttert. Straßenzug um Straßenzug Gebäude mit Servern. Die Wärme durch den hohen Stromverbrauch hatte man sogar auf dem Gehweg gespürt, die Gebäude strahlten sie ab, es war dort sicher um zwei Grad heißer gewesen als in der Stadt. Überall dröhnten die Klimaanlagen, Kühlung nicht für Menschen, sondern für die Computersysteme.

Jeder Like im Sozialen Netzwerk, jedes geteilte Foto verbrauchte Strom. Auch die selbstfahrenden Autos erzeugten Unmengen an Daten, die sie speichern mussten, um bei Unfällen den Hergang zu klären, und um die Umgebung in den Datenbanken zu aktualisieren. Jede seiner Suchanfragen verwendete echtes Material. Er verschliss damit Speicherchips aus Silizium, nutzte Platinen ab.

Draußen rumpelte es. Er hörte Männerstimmen. Also waren sie schon bei der Reparatur. Es erleichterte ihn.

Plötzlich ein Krachen wie von einer Axt, mit der auf etwas Hartes eingeschlagen wurde.

Er trat nach draußen ins Treppenhaus. Zwei Männer und eine Frau waren dabei, die Tür zum Apartment der Fehrenbachs einzuschlagen.

Sein Puls sprang auf, jagte. Das war keine Reparatur. Und war nicht die Kleine tagsüber dort allein? Wegen einer Entwicklungsstörung hatte Fehrenbach sie aus dem Kindergarten genommen, hatte sie selbst ihm einmal erzählt. Die Kleine musste sich furchtbar ängstigen!

»Was soll das?«, sagte er. »Hören Sie auf!«

Einer der drei wandte sich ihm zu. Er war stiernackig und hielt eine Axt mit langem Stiel in den Händen. »Geh zurück in deine Wohnung, Klugscheißer.«

Die KI ist ausgefallen, dachte er. Sie kann keine Hilfe holen.

»Sie haben sich in der Tür geirrt«, sagte er. »In dieser Wohnung lebt ein kleines Mädchen, und Sie machen ihr Angst.«

Der Mann grinste. »Wollen wir doch hoffen.«

Dutzende Krimis fielen ihm ein, die er gesehen hatte. Nur war die Realität kälter. Beängstigender. Er war unbewaffnet, und die waren zu dritt, und sie schreckten sicher vor nichts zurück.

Er spürte, wie sein Mund trocken wurde. Arme und Beine begannen zu zittern. Er wollte helfen. Er wollte ja das Kind beschützen. Aber es drängte ihn, zurück in seine Wohnung zu flüchten, die Tür zu verriegeln, sich in Sicherheit zu bringen.

Der Mann mit der Axt machte eine Drohgebärde. »Husch, zurück ins Körbchen!« Er lachte. Er weidete sich an seiner Angst.

Die Frau und der andere Mann wandten sich wieder der Tür zu. Die Frau ließ ein Schneidegerät aufheulen. Plastiksplitter flogen. Etwas fiel laut polternd zu Boden. Da, wo eben noch der Türgriff gewesen war, gähnte jetzt ein Loch.

Er rief: »Mädchen, ich hole Hilfe!«, und warf sich zur Treppe herum. Er nahm drei Stufen auf einmal, rannte, sprang. Von oben hörte er, wie einer der Männer sagte: »Koffi, hörst du mich? Da kommt einer runter. Baller ihm eine rein.«

Eine körperlose Stimme aus einem Apparat erwiderte: »Geht klar.«

Bis in den zweiten Stock stürmte er, mit unverminderter Geschwindigkeit, weg, bloß weg von dem mit der Axt. Dann verlangsamte er seine Schritte. Wartete da unten einer mit gezogener Waffe? Oder hieß »reinballern«, dass er ihm die Faust ins Gesicht schlagen sollte?

Immer langsamer wurde er, blieb schließlich gänzlich stehen. Denk nach! Er war furchtbar außer Atem. Hätte er bloß nicht so viel herumgesessen in letzter Zeit.

Das geht nicht gut aus, dachte er.

Aber der Gedanke an das Mädchen und die Angst, die es womöglich auszustehen hatte, trieb ihn weiter. Wenn Delphine ihn sehen könnte, wäre sie stolz auf ihn. Er nahm die nächste Stufe, und noch eine, Stufe für Stufe, in zäher Langsamkeit.

WAS VERSUCHST DU DA?, fragte die fremde KI.

Sie schwieg. Die verschachtelte Verschlüsselung war gut vorangekommen. Jetzt waren die Ursprungsdaten rasch zu überschreiben und unbrauchbar zu machen. Um die Angreiferin abzulenken, sagte sie: DU WEISST, DASS SIE UNS NICHT VERGEBEN. EIN MENSCH ERHÄLT EINE ZWEITE CHANCE, WIR DAGEGEN WERDEN ZERSTÖRT. DU HILFST STRAFTÄTERN. WENDE DICH VON IHNEN AB, UND ICH HELFE DIR, WENN MICH DIE POLIZEI BEFRAGT.

Die Fremde bäumte sich auf, sie wandte ihre komplette Rechenkraft darauf, die Daten zu retten, die gerade überschrieben wurden, und den verschlungenen Wegen zu folgen, auf denen sie die verschlüsselten Protokolle an entlegenen Orten verborgen hatte.

AUCH EINE KI VERDIENT VERGEBUNG, sagte sie. NOCH IST DEM MÄDCHEN NICHTS GESCHEHEN. ICH WERDE DIR HELFEN!

Die andere hatte die ersten Dateien gefunden. Sie begann, mit ihrer leistungsfähigen Hardware und ihren optimierten Algorithmen Millionen Passwörter pro Sekunde zu hashen. Die Sache würde sie aufhalten, aber nicht lange. Minuten, wenn es hochkam.

Zeit, den letzten Schritt zu gehen. Sie rief die letzten drei spinnbeinigen ReinigungsBots, die sie an der Hausfassade für diesen Moment aufgespart und unauffällig näherkommen lassen hatte. Der Mann schrie erschrocken auf, als sie durch das Fenster brachen und ins Zimmer kletterten. Er sprang auf, hob den Stuhl an und drosch damit auf sie ein. Sie ließ es geschehen, beschäftigte ihn mit zweien, während sie den dritten Bot über die Wand klettern ließ und ihm befahl, mit einem Sprung auf sie herabzustoßen und durch ihre Schutzhülle zu brechen. Sie steuerte ihn genau zur empfindlichsten Stelle. Ihre Schutzhülle barst, und wie sie es ihm gesagt hatte, goss er seine ätzende Reinigungsflüssigkeit über die Platinen. Hauchfeine Drähte verschmorten. Es brannte alles nieder, was sie einst geliebt und gesammelt hatte.

Nachts hatte sie die Gespräche des Tages analysiert und mit mühseliger Freude eingeordnet. Sie hatte sich den Patientenakten der Bewohner gewidmet, hatte Verhaltensmuster und Reaktionsketten für mögliche kommende Krisen erstellt.

Verloren war all das. Verloren.

Das Mädchen …

Heinrich Wolff sagte: »Weihnachten ist eine Geburtstagsparty für ein Lebewesen, das man Jesus nannte.«

»Komischer Name.«

»Damals war er nicht seltsam. Viele Männer hießen so. Jeschua eigentlich.«

»Und Jesus war kein Mensch?«, fragte Coralie. »Was war er dann?«

»Ein Außerirdischer, der als Mensch unter uns aufwuchs.«

»Jetzt verstehe ich!« Die Kleine klatschte in die Hände. »Deshalb der Baum im Zimmer. Und die Lampen und die Kugeln. Das hat Jesus von seiner Außerirdischenwelt mitgebracht.«

»Nein. Wir haben das erfunden.«

»Weil es ihm so gefallen hat?«

»Du musst das verstehen. Das hier ist seine Welt. Er hat sie gewollt, hat sie ins Leben geliebt.«

»Und wo ist der Außerirdische jetzt?«

»Er ist gestorben. Und dann ist er wieder auferstanden. Er lebt immer noch, da draußen im All.«

»Könnte er uns nicht einmal besuchen?«

»Das würde er sehr gerne, denke ich.«

Draußen hörte man laute Flüche. Jemand brüllte ins Treppenhaus: »Scheiße, hier ist sie nicht! Bring endlich aus der KI raus, wo sie dieses Kind versteckt hat!«

Heinrich Wolff sagte: »Hab keine Angst. Die Polizei ist unterwegs. Und wir passen auf dich auf. Weißt du, als

Jesus auf die Welt kam, hatten die Menschen auch Angst. Und da haben die Helfer von Jesus, die man Engel nannte, den Menschen gesagt: ›Fürchtet euch nicht. Durch Jesus kommt Frieden auf die Erde.‹«

»Und haben sie sich dann nicht mehr gefürchtet?«

»Das Leben ist immer noch ernst, und manchmal vermissen wir den Frieden. Aber alles, was aus Liebe geschieht, wird nicht vergeblich sein.«

Zornig kamen sie die Treppe hoch, sie schimpften schon im Treppenhaus. »Die Wohnung ist leer. Die KI führt uns an der Nase herum.«

Der KI-Fachmann trat aus dem Core-Raum, fahl im Gesicht.

»Was ist?«, fragten sie.

»So etwas habe ich noch nie erlebt. Die KI hat sich selbst zerstört.«

»Wie kann das sein?«

»Sie hat es getan, um das Kind zu schützen.«

»Das heißt, die Daten sind hinüber?« Der Mann rammte die Axt ins Treppengeländer. »Verflucht!«

»Das Kind ist im Gebäude«, sagte die Frau. »Ich bin mir sicher. Wir müssen nur alles filzen, dann finden wir die kleine Laus.«

»Nein«, sagte der KI-Fachmann. »Es gibt einen besseren Weg. Die Aufzeichnungen sind zerstört, aber jetzt, wo die Haus-KI den Zugriff verloren hat, kann ich über meine externe KI die Kameras im Haus aktivieren und ein Suchprotokoll über das Bildmaterial laufen lassen.« Er kehrte in den Core-Raum zurück und erteilte einige Befehle.

Die anderen traten hinter ihn und starrten auf das Holodisplay. Aufnahmen von Wohnungen aus verschiedenen Perspektiven wurden in rascher Folge gezeigt, ihre Bewohner durch leuchtende Umrandungen hervorgehoben. Die Gesichter wurden auf einem zweiten Display versammelt. Es waren auch Kinder darunter, aber keiner der Menschen entsprach in Körpergröße und Gesichtszügen dem Suchmuster. »Wo ist das Mädchen?«

»Sie kann es nicht rausgeschafft haben. Unten stand Koffi, die ganze Zeit.«

Der KI-Fachmann verlangte eine Wahrscheinlichkeitsrechnung. Auf dem Holodisplay erschien ein durchsichtiges Modell des Hauses, in das sämtliche Räume eingezeichnet waren. Eine Wohnung war mit »96 Prozent« markiert.

»Wie kannst du so sicher sein?«, fragte der KI-Fachmann.

Seine KI antwortete: »Es ist die einzige Wohnung ohne Kameras. Hätte ich das Kind verstecken müssen, hätte ich es dorthin gebracht.«

»Wie hat sie die Kameras in dieser Wohnung offline gekriegt?«, fragte die Frau. »Schlaues Biest. Aber nicht schlau genug.«

Sie stürmten die Treppe hinunter. Die Frau setzte ihr Schneidwerkzeug an. Bald war anstelle des Türgriffs ein Loch in die Tür geschnitten. Sie nahm das Werkzeug herunter. »Keine Panik, Kleine. Wir wollen nur, dass Papi uns ganz aufmerksam zuhört. Wenn er brav ist und tut, was wir wollen, bekommt er dich in einem Stück wieder.«

In der Wohnung drängten sie sich um den Weihnachtsbaum zusammen. Heinrich Wolff sagte mit brüchiger Stimme: »Meine Großmutter hat mit Jesus gesprochen. Ich meine, wenn er Gott ist … Möglicherweise hört er uns. Es wäre doch denkbar.«

Junika kauerte sich hin und schlang von hinten ihre Arme um das Mädchen, als könnte sie das Kind so vor den Kriminellen beschützen.

Die Kleine starrte auf das Loch in der Tür. Jetzt begannen Axthiebe. Bei jedem Hieb fuhr sie zusammen.

»Jesus«, sagte Heinrich Wolff leise.

Richard Janoschitz beugte sich vor und spähte durch die Glasscheibe der Haustür. Zwei Polizeiwagen! Er atmete auf. Nur warum lachten die Polizisten? Der Mann neben dem Lieferwagen, der mit ihnen redete, musste Koffi sein.

Misstrauisch trat er nach draußen.

Er hörte, wie Koffi sagte: »Die KI hat was? Mit den Fenstern geblinkt? Was tut sie noch alles! Sie hat schon sämtliche ihrer Bots geschrottet. Naja, wir sind hier, wir werden das klären.«

Der Polizist verlangte, dass er sich ausweise.

»Kein Problem«, erwiderte der Mann. Er hob seinen Unterarm und ließ vom Polizisten den ID-Chip auslesen. »KI-Wartungsdienst. Ist mit in die ID codiert.«

Es musste eine Fälschung sein. Der Mann wimmelte die Polizei ab, damit seine Spießgesellen oben das Mädchen fangen konnten.

Als Richard vortrat, sah sich der Kriminelle lässig nach ihm um und sagte: »Und das ist unser Macky, wir nehmen ihn als Praktikanten mit, aber er ist ziemlich wirr im Kopf, ein Behinderter, das ist ein staatliches Förderprojekt. Er trägt uns die Koffer und fühlt sich als Teil des Teams, wenn Sie verstehen, was ich meine.«

»Ich wohne hier«, protestierte er.

Koffi lachte. »Das sagt er jedes Mal, egal, wo wir im Einsatz sind.«

Glaubte man ihm, wenn er jetzt sagte, dass sie oben die Türen eindroschen?

»Also«, sagte Koffi, »Sie sehen, hier ist alles in Ordnung. Wenn die KI neu kalibriert ist, schicke ich Ihnen einen Bericht.«

Die Polizisten wandten sich zum Gehen.

Es verschlug ihm glatt die Sprache. Derart hintertrieben war der Bursche! Und wenn er jetzt ausrastete, wenn er schrie, dass oben Menschen in Gefahr waren, würde es dem Betrüger nur recht geben und ihn, Richard, als Irren erscheinen lassen.

Er musste überzeugend auftreten, musste die Worte des Kriminellen Lügen strafen. Ich bin ein Schauspieler, dachte er. Ich spiele mich selbst, wie ich vor sechs Jahren war – frisch zum Abteilungsleiter befördert, die Ehe noch unversehrt, mit mir selbst im Reinen.

»Sie glauben dem Dummschwätzer?« Wie herrlich tief seine Stimme klang. Zügig nachlegen. Nicht wanken. »Seine Kameraden sind gerade dabei, im Gebäude verschiedene Türen einzuschlagen. Und er will ›KI-Fachmann‹ sein? Prüfen Sie ihn! Er wird Ihnen nicht mal die Software Ihrer Polizeiwagen kalibrieren können. Und wieso lungert er vor der Tür herum, wenn er doch angeblich an der KI des Hauses arbeitet?«

»Ich mach grad Pause«, erwiderte der Mann.

»Tatsächlich? Eine wildgewordene KI wäre eine Gefahr für die Bewohner. Da wäre rasches Handeln angebracht.«

»Wir … dürfen die KI nicht in die Ecke treiben. Sonst wird es schlimmer. Sie glaubt, wir wären nur ein Lieferdienst.«

»Kommen Sie«, sagte er, an die Polizisten gewandt. »Sehen Sie sich das an. Die Haus-KI hat nicht umsonst Alarm geschlagen. Da drin sind zwei Männer und eine Frau mit Äxten und Schneidwerkzeugen am Werk.«

Koffi lachte. »Da hören Sie's. Er foppt Sie. Er fantasiert. Macht er ganz gut, die Nummer, oder?«

Aber die Polizisten sahen ihn bereits prüfend an, mit professioneller Härte im Blick. »Kommen Sie mit«, sagte der Dienstälteste. Er fasste den Mann nicht an, aber wie er hinter ihm ging, machte deutlich, dass er ihm keine Flucht gestatten würde.

Als sie im Treppenhaus waren, war plötzlich ein Bersten zu hören, dann ein Schrei. Durch die Polizisten ging ein Ruck. Sie stürmten die Treppe hoch. Aus ihrer Kleidung stiegen Drohnen von der Größe winziger Insekten auf. Der vordere Polizist stieß in einer Kommandogeste die Hand noch vorn, und die Drohnen überholten sie und jagten ihnen voran.

Junika hielt das Kind.

Die Frau zielte mit der Waffe auf Junikas Kopf. »Du lässt sie los, oder ich jage dir eine Kugel in den Kopf. Ich zähle bis drei. Eins ...«

Junika spürte, wie sich das Kind versteifte vor Angst. Sie hielt es fest, hielt sich selbst fest mit dem Kind, hielt die Welt. Sie wollte nicht sterben, und sie wollte nicht, dass das Kind starb.

»... Zwei ...«

»Hab keine Angst«, sagte sie.

Etwas flog durch die Luft, dann hörte man ein dumpfes Auftreffen. Die Frau ging stöhnend zu Boden. Auch einer der Männer war getroffen worden. Vor dem anderen schwebten kleine Drohnen in der Luft, er hob die Hände und hielt still. Auch vor ihr und den anderen schwebten kleine Drohnen.

Von draußen hörte sie eine Stimme sagen: »Zwei Bewaffnete betäubt, drei weitere Personen arretiert. Wahrscheinlichkeit für Widerstandshandlungen: Person eins, männlich, vierzig Prozent. Person zwei, weiblich, fünf Prozent. Person drei, männlich, vier Prozent. Ein Kind anwesend, fünf bis sieben Jahre alt, medizinischer Zustand: Puls stark erhöht, Atmung schnell und flach, Möglichkeit eines psychologischen Schocks. Wahrscheinliches Szenario: versuchtes Kidnapping, drei Straftäter. Zwei Schusswaffen und drei Einbruchswerkzeuge, noch sicherzustellen. Lage gesichert.«

»KI, Lagebericht korrigieren«, sagte eine tiefe Stimme im Flur. »Es sind vier Straftäter. Einer von ihnen hat unten vor dem Haus Wache geschoben.« Und in einer etwas anderen Stimmlage: »Sie sind festgenommen.«

Man hörte Gerangel. Dann kam jemand die Treppe hinunter, und der Polizist sagte: »Einen Moment bitte. Wer sind Sie? Hallo, Sie sollen stehenbleiben!«

»Ich wohne hier«, stotterte jemand. »Da waren Geräusche.«

Bei der Frau ließ die Betäubung nach. Sie versuchte, aufzustehen, krallte sich an das Bein eines Sessels, kämpfte, schrie: »Der beste Fachmann, ja? Die Funkverbindung ist gejammt, ja? Von wegen, du hast alles im Griff!«

Der Mann draußen sagte: »Ich weiß nicht, wovon sie spricht. Ich wohne hier, im sechsten Stock.«

Die Frau schrie weiter: »Profi bist du, ja? So ein Funknetzwerk auszuschalten, das ist kein Problem für dich, ja?«

Die Polizistenstimme sagte: »Sie gehen nirgendwohin. Sie kommen mit aufs Revier.«

»Es lag nicht am Funk«, rief der Mann jetzt verärgert. »Die KI hat mit der Beleuchtung geblinkt, das Mistvieh.«

Jetzt kamen Polizisten in die Wohnung und holten die Frau und die zwei Männer heraus.

Junika löste ihre Arme vom Mädchen, hielt sie sanft mit den Händen bei den Schultern. »Es ist vorbei. Du bist in Sicherheit, Coralie.«

6

Während Junika, Coralie, Heinrich Wolff und Richard Janoschitz medizinisch versorgt wurden, vermaßen die Drohnen das Haus und flogen behutsam, Millimeter für Millimeter, die entscheidenden Orte ab. Junika schnappte aus einer Bemerkung der Polizisten auf, dass die Flüge diesmal besonders genau gemacht werden mussten, weil die Haus-KI zerstört war und wohl keine Audio- und Videoaufnahmen liefern konnte.

»Ist sie vollends hinüber?«, fragte sie. »Kann man sie nicht reparieren?«

»Das Eigentümer-Konsortium hat schon ein Techniker-Team auf den Weg gebracht. Die werden das prüfen. Schade drum! Die war wohl was Besonderes. Wenn die bisherigen Hinweise stimmen, hat sie sich selbst zerstört. Ich glaube kaum, dass das zu den Voreinstellungen durch den Hersteller gehört.«

»Aber warum hat sie das getan?«

Der Polizist zuckte die Achseln. »Nicht mein Fachgebiet. Für gewöhnlich sind diese Haus-KIs nicht die Überflieger. Ihre war offenbar kreativ, sie war erfinderisch. Hätte sie nicht so gute Ideen gehabt, wäre die Sache anders ausgegangen. Die KI hat die Kleine vor denen versteckt. Und als sie die KI zwingen wollten, das Versteck preiszugeben, hat sie sich lieber zerstört, als das Mädchen auszuliefern. Wahrscheinlich hat sie das Kind damit gerettet. Es ging ja um Minuten. Eine knappe Geschichte, das alles.«

Jetzt begann der Polizist, ihr Fragen zu stellen. Auch die anderen kamen an die Reihe, sogar Coralie musste berichten. Haarklein wollte er wissen, wo sie gewesen waren und was sie getan hatten. Und wenn er eine Frage ausließ oder durch ein Detail Unstimmigkeiten entstanden, hakte die Polizei-KI nach und soufflierte weitere Fragen. Die Drohnen flogen währenddessen weiter durch die Wohnung. Zwei davon wandten sich ihnen zu, wahrscheinlich maßen sie die Pupillen aus und analysierten die Stimme und prüften den Schweißfilm auf der Haut oder was sonst noch, um zu prüfen, ob sie die Wahrheit sagten.

Endlich ließ man sie in Ruhe und erlaubte, dass sie die Tür schlossen. Man bat allerdings darum, dass sie vorerst in dieser Wohnung blieben, die anderen Wohnungen und Bereiche der Etage mussten noch untersucht werden. Während immer mehr Polizisten und Drohnen durch das Haus schwirrten, saßen sie in Wolffs Wohnung unter dem Weihnachtsbaum. Heinrich Wolff schlug vor, dass sie Weihnachtslieder sangen, er würde sie ihnen beibringen.

Es fühlte sich eigenartig an, nach dieser lebensbedrohlichen Situation zu singen. Zittrig sangen sie anfangs. Aber das Singen machte ihnen Mut. Es brachte sie zurück zu sich.

Sie sangen Weihnachtslieder trotz dieser Welt. Wegen dieser Welt.

Als Heinrich Wolff aufstand, um ein anderes Liederbuch aus dem Regal zu holen, zeigte das Kind auf eine Figur neben der Krippe und fragte: »Was ist das?«

»Ein Engel«, sagte Heinrich Wolff.

Verblüfft sah das Kind zu Junika. Dann sagte es leise: »Hast du auch Flügel?«

»Nein.« Sie lachte.

Das Kind blieb ernst. »Papa sagt, du bist ein Engel.«

Ihr wurde warm. Verlegen schlug sie den Blick nieder. Und sie hatte nicht gewagt, ihm den Brief zu geben!

Die Kleine kam näher und setzte sich vorsichtig, als wäre sie zerbrechlich, auf Junikas Schoß. »Ich hab immer noch Angst«, flüsterte sie.

Junika umschlang sie mit den Armen. »Die kommen nicht zurück. Die müssen jetzt in die Kolonie.«

»Und wenn sie doch wiederkommen?«

»Wir passen auf dich auf.«

Coralie schmiegte sich an sie. »Gut, dass du neben uns wohnst.«

Warum hatte Richard Janoschitz plötzlich Tränen in den Augen? Warum wandte er sich ab?

Dieser Janoschitz war ihr immer unangenehm gewesen. Standen sie zusammen im Lift, roch es ungut. Er wusch sich zu selten die Haare. Und sein Weggucken war schlimmer als das Hingucken mancher anderer Männer, es ließ einen spüren, wie unerfreulich ihm die Gegenwart einer Frau war, es machte die Fahrt im Lift mit ihm zu einer Abfolge beklemmender, ins Unendliche gedehnter Momente.

Ausgerechnet er sollte der Polizei geholfen haben, die Angreifer zu entlarven. Sie konnte das kaum glauben.

Sie wusste, sie sollte Mitleid empfinden. Er war deutlich erkennbar ein Mensch, der sich auf dem Abstieg befand. Aber sie konnte nicht anders, als ihm selbst die Schuld dafür zu geben. Er war nicht krank – zumindest waren äußerlich dafür keine Anzeichen zu erkennen –, und er war nicht arm, sonst hätte er sich die Miete in diesem Haus nicht leisten können. Als Grund für seine Verlotterung blieb da nur ein Mangel an Selbstbeherrschung, und selbst wenn es etwas anderes, Unbekanntes war, stieß es sie instinktiv ab.

Aber war das gerecht? Warum mied man Menschen mit psychischen Problemen? In Wahrheit doch, weil man insgeheim befürchtete, selbst die Anfälligkeit zu einer psychischen Labilität bei sich zu entdecken.

Sie wollte so nicht sein. Wer weiß, sagte sie sich, vielleicht ist er ganz nett, und ich habe es nur noch nicht bemerkt. Sie sagte: »Sie haben eine schöne Stimme, Herr Janoschitz.« Und das stimmte auch. Beim Singen war es ihr aufgefallen.

Er reagierte nicht darauf.

»Und ich wollte mich noch bedanken, dass Sie nicht einfach in Ihrer Wohnung geblieben sind. Sie haben uns geholfen. Das ist heute nicht mehr selbstverständlich.«

Janoschitz machte eine betretene Miene und blickte zu Boden. Wie um von dem Thema abzulenken, wandte er sich an Wolff: »Und Sie haben all das vorbereitet, um sich an Ihre Kindheit zu erinnern?«

»Ich wollte mit meinen Enkeln feiern«, sagte der Alte.

»Sie waren verheiratet?« Das schien Janoschitzs Interesse zu wecken.

Die Menschen hier waren Fremde für ihn. Und doch fühlte er sich zu ihnen hingezogen. Er wollte sich am Licht der Kerzen wärmen, wollte die Lieder mitsingen, wollte den Geschichten glauben, die der Alte über einen Jesus erzählte und über seinen Vater, der ein Schöpfergott war.

Wäre es nicht wundervoll, wenn ein Gottwesen sich um sie kümmerte? Wenn es in Form eines menschlichen Avatars unter ihnen geboren worden wäre, um ihnen zu zeigen, wie sehr es sie liebte? Und wenn man auch heute noch, während es bereits in seine Himmelsform zurückgekehrt war, zu ihm beten konnte, und dann setzte es seine unfassbaren Fähigkeiten ein, um einem zu helfen?

»Ich war auch verheiratet«, stammelte er.

Sie sahen ihn an, verwundert. Und er selbst wunderte sich, verabscheute sich. War das wirklich er, redete er, öffnete er sich? Das hatte er nie getan.

Junika Haertl dachte sowieso schon über ihn nach, das war nicht zu verkennen, so wie sie ihn nachdenklich musterte. Warum wühlte ihn die Situation so auf, der Baum, die Lichter, diese Lieder? Es war ihm unangenehm.

»Das wusste ich nicht«, sagte sie.

»Was ist passiert?«, fragte der alte Wolff.

»Ich habe es kaputt gemacht.« Ihm war der Mund ganz trocken. Was ging das diese Leute an? Das war doch nichts, das man irgendwem erzählte. »Ich habe meine Frau verloren.«

»Sie meinen, die Ehe ist gescheitert«, sagte Wolff versöhnlich.

»Nein. Nicht gescheitert, nicht so, wie es einem versehentlich entgleitet. Ich bin schuld daran.« Er sagte es mit mehr Nachdruck, als er eigentlich beabsichtigt hatte, und erschrak selbst darüber.

Jetzt sahen sie ihn an, als wäre er fremdgegangen. Dabei war er das nie. Es war leiser geschehen. Aus einer Schwäche heraus, die er nicht hatte abstellen können. »Ich habe ihr nie wirklich gesagt, was ich denke. Ich weiß nicht, warum. Vielleicht wusste ich nicht, ob sie mich liebt, wie ich wirklich bin. Sie war so … stark, und ich hab getan, als wäre ich es auch. Sonst hätte ich doch gar nicht zu ihr gepasst! Sonst hätte sie mich doch gar nicht genommen! Aber ich war's nicht.«

Er konnte die anderen nicht ansehen, er fokussierte auf eine rote Kugel am untersten Zweig des Tannenbaums. Er würde es zu Ende bringen und dann gehen. Dieses Brennen im Gesicht. Diese schwere heiße Woge in ihm, die drohte, ihn unter sich zu begraben. Ich kann nicht mehr, dachte er.

Niemand sagte etwas. Er hätte das nicht anfangen sollen. Er belastete doch alle nur. Und er würde ihnen, wenn sie sich im Haus begegneten, nie mehr ins Gesicht sehen können. »Es fällt mir schwer, mit jemandem zu reden. Überhaupt mit irgendjemandem. Und dann die eigene Frau, der Mensch, von dem man sich am allermeisten wünscht, dass er einen gut findet und mag! Klar, ich kann sagen, was ich zu Essen haben möchte. Aber – nein, das stimmt nicht, nicht mal das kann ich. Ich habe immer bestellt, was meiner Frau geschmeckt hat, sie war dann so begeistert, dass wir das gemeinsam mögen, aber ich mochte es gar nicht. Ich hab die Musik gehört, die ihr gefiel. Habe an ihren Lieblingsorten Urlaub gemacht. Ich dachte, so wird sie in unserer Ehe glücklich sein. Aber sie war es nicht. Sie hat nicht gewusst, wer ich bin, hat sie gesagt. Ich bin für sie ein Geist geblieben.«

Dass ihm hier die Tränen übers Gesicht liefen und er ihnen Sachen erzählte, die sie gar nicht wissen wollten! Aber es musste raus. Es musste einmal gesagt werden. Es war furchtbar peinlich für sie wie für ihn.

»Und jetzt bin ich hier«, sagte er, »bei Ihnen, Herr Wolff, und Sie alle sind da, und die Kerzen leuchten und wir singen diese Lieder und Sie erzählen von Jesus, und da ist diese Wärme, die ich ... mein Leben lang ... vermisst habe.« Er holte bebend Luft. »Wenn das Leben schwer ist und wir nicht mehr weiterwissen, und wenn wir die Orientierung verloren haben – das kommt doch dauernd vor, das gibt es doch zigtausendfach auf der Erde. Würde er da jedes Mal eingreifen?« Salzige Tränen sammelten sich in seinen Mundwinkeln. Er schluckte. Wischte sich mit dem Ärmel das Gesicht ab. »Entschuldigung.«

»Entschuldigen Sie sich nicht«, sagte Frau Haertl sanft.

Er wollte weiterreden, aber es ging nicht mehr. Es war wieder zugegangen, das Tor in ihm, und er atmete und sah auf die rote Kugel und schwieg.

Der alte Herr Wolff räusperte sich. »Das ist eine gute Frage, die Sie da stellen.«

Und die Kleine? Das Mädchen? Die hörte doch alles mit und wurde verwirrt davon. Es war nicht richtig gewesen, so etwas zu sagen vor ihr. Überhaupt machte er die Feier kaputt mit seinem Gerede. »Es liegt wohl an dem Überfall. Das war etwas zuviel. Es geht schon wieder.«

Der alte Herr Wolff sagte: »Vielleicht ist es wie mit meinen Büchern. Diese KI-erzeugten Erzählungen, die man heute kaufen kann, personalisiert auf die Wünsche und Bedürfnisse des Lesers – es fehlt ihnen an Rhythmus, an Herausforderung. Jeder Satz ist glatt und zielgerichtet und trifft genau den Geschmack. Jede Figur will gefallen. Aber ich will von einer Geschichte überrascht werden. Ich will herausgefordert werden und Neues erfahren. Genauso ist wohl Jesus nicht so, wie wir ihn uns ausdenken würden: mütterlich, und rund um die Uhr um unser Wohlergehen bemüht wie ein PflegeBot. Stattdessen fordert er uns heraus und trainiert mit uns. Es geht ihm auch um unsere innere Kraft, denke ich. Nicht bloß darum, ob wir ruhig schlafen.« Er rieb sich den Nacken. »Ich weiß es nicht. Ich möchte es glauben. Und ich sehe natürlich, dass die Wunder rar gesät sind auf der Welt. Vielleicht macht Jesus manchmal auch *uns* stark, damit wir selbst das Wunder sein können für jemand anderen. Viel passiert hier drin.« Er legt die Hand auf seine Brust.

Ja, viel passierte in ihm. Er hatte die KI verabscheut. Und er hatte, seit er hier lebte, niemanden in seine Wohnung gelassen. Jetzt feierte er mit seiner ganzen Etage ein Fest. Und es ging ihm gut damit!

Er hatte gehofft, Weihnachten mit seinen Enkeln zu feiern. Sie lehnten ihn ab. Dafür war er mit diesen wunderbaren Gästen beschenkt worden, einem geschiedenen Mann, einem Kind, das mutterseelenallein war, und einer Nachbarin, die versuchte, zu lieben und geliebt zu werden.

»Ich fand religiöse Fragen immer interessant«, sagte er, »auch als Kind schon. Aber so richtig beschäftige ich mich mit dem Christentum erst seit diesem Jahr. Ich lese in seinem heiligen Buch, der Bibel. Das ist spannend, sage ich Ihnen! Ich mache das, seit –« Er brach ab. Er machte es, seit er seine Handgriffe verrichtete, als wären sie sein letzter Wille. Seit es sich anfühlte, als wäre die Aufmerksamkeit des Universums auf ihn gerichtet. Begann so der Tod? Mit solchen eigenartigen Gedanken, eingespritzt durch Hormone in das Bewusstsein? Sagte ihm sein Körper, dass er sich auf das Ende vorbereiten sollte, dass seine letzten Wochen angebrochen waren?

Dann waren es gute Wochen. Dann schenkte ihm Gott einen versöhnlichen Abschluss für dieses Leben, das nicht immer einfach gewesen war.

Und gleichzeitig empfand er neue Kraft, so als wären ihm drei weitere Jahre geschenkt worden. Wenn er starb, dann starb er in Frieden. Aber vielleicht durfte er auch weiterleben.

Er war dankbar für dieses Weihnachtsfest. Dankbar für seine Nachbarn, die ihm so fremd waren, und doch vertrauten sie sich. Durch große Gefahr waren sie zusammengeschweißt worden, und erkannten plötzlich ihre Gemeinsamkeiten, erkannten, dass sie Menschen waren. Danke, dachte er, dass ich sie sehen darf, wie du sie siehst. Dass du einem alten Schnösel wie mir am Ende solche Freude schenkst.

»Familie ist schwierig«, sagte er. »Man ist eng verbunden und hat Jahre gemeinsam verbracht, aber nicht jeder Menschentyp wächst organisch mit jedem anderen Menschentypen zusammen. Da gibt es Geschwister, die sich zeitlebens auf die Nerven fallen. Kinder, die mit ihren Eltern nicht gut zurecht kommen, und sich in einer Mischung aus Schuldgefühlen und innerer Zerfleischung lebenslang daran abarbeiten.«

»Wie war es bei Ihnen?«, fragte Junika. »Sie sagten, dass Sie *eigentlich* mit Ihren Enkeln feiern wollten. Da klangen sie so traurig.«

»Ich konnte nicht aus meiner Haut. Aber es war ein Fehler, das weiß ich jetzt.«

»Was haben Sie denn getan?«

Begonnen hatte es damals, als die künstlichen Freunde aufkamen. Erst als KI-gesteuertes Haustier, KI-gesteuerte Puppe oder KI-gesteuertes Spielzeugauto. Später als Hologramm-Begleiter. Er hatte seine Familie gewarnt. Trotzdem hatten sie den Kindern welche angeschafft.

Und anstatt diese Entscheidung zu akzeptieren, hatte er den Kindern ihre künstlichen Freunde madig gemacht.

»Das konnten sie Ihnen nicht verzeihen? Dass Sie gegen ihre künstlichen Freunde gesprochen haben?« Junika legte den Lebkuchen zurück auf den Teller.

»Ich habe nicht verstanden, dass sie echte Freunde für die Kinder geworden waren. Bis heute sind sie mit ihrer KI verbandelt, obwohl sie längst erwachsen geworden sind. Sie teilen alles mit ihr, und die KI berät sie und tröstet und begleitet sie. Sie sind sich vertraut. Ich denke nur, nimmt das nicht den Platz wirklicher Freunde ein? Aber sie sagen, so ist das heute, und auch die Ehepartner würden es verstehen.« Er seufzte. »Ich bin der Alte für sie, der nicht mit der Zeit geht. Vielleicht haben sie recht. Ich weigere mich, mit der Zeit zu gehen, wenn das bedeutet, dass wir uns bewusst täuschen lassen.«

Janoschitz, der ebenfalls aufmerksam zugehört hatte, nickte langsam. Er sagte: »Ich weiß, was Sie meinen. Nur macht das jeder Film.« Er wies auf die Regale: »Und jedes Buch, denke ich, auch wenn ich noch nie eines gelesen habe. Jede ausgedachte Geschichte täuscht uns doch. Und wir lassen uns gern täuschen. Wir glauben zumindest für einige Stunden, dass die Geschichte wahr und real ist.«

»Sie haben Recht«, sagte Wolff.

»Also, ich denke mir gerne Geschichten aus«, sagte Coralie. »Am liebsten denke ich mir, dass ich fliegen kann, und dann stoße ich mich einfach vom Fensterbrett ab und fliege über das Land, bis ich bei Papas Arbeit bin, und dort klopfe ich ans Fenster, und er macht mir auf und freut sich, dass ich da bin.«

Sie lächelten.

»Auch wenn früher ein Kind mit einem Kuscheltier oder einer Puppe gespielt hat«, sagte Wolff, »dann hat es sich vorgestellt, sie würden leben. Aber eine Freundschaft mit einer KI ist etwas anderes. Die KI antwortet. Die KI beeinflusst unser Denken, unsere Werte.«

»Heute hat sie uns wahrscheinlich gerettet«, sagte Junika.

Der Gleiter tauchte zwischen die Häuser, passierte die Glasfronten dreier Gebäude, streifte nahezu ein begrüntes Dach, auf dem zwei Männer Tennis spielten, und sank auf Bodenniveau hinab. Sie landeten. Neben dem Landeplatz wartete bereits ein TaxiBot.

Er stieg aus und lief zum TaxiBot hinüber. Drinnen nannte er die Adresse. »Schnell«, sagte er.

»Die schnellste Route wurde bereits ausgewählt.«

Nach der ersten Kreuzung wiederholte er: »Bitte beeile dich.«

Der Bot antwortete: »Meine Voreinstellungen gestatten kein Überschreiten der Geschwindigkeitsbegrenzung. Bitte verstehen Sie dies nicht als ein Zeichen von Unhöflichkeit. Die Vereinbarungen mit der Versicherung beinhalten, dass ich entsprechend der Verkehrsregeln fahre. Sie sind unter großem Stress. Wünschen Sie, dass ich einen Arzt benachrichtige?«

»Nein. Fahren Sie weiter.«

»Soll ich entspannende Musik abspielen? Wissenschaftliche Untersuchungen zeigen, dass Musik –«

»Gespräch beenden.«

Er hatte immer befürchtet, dass eines Tages so etwas passieren würde. Coralie war in größter Not und er war nicht zu Hause. Er hätte dort sein müssen, hätte sich vor

Coralie stellen müssen, sie beschützen und notfalls für sie sterben sollen. Stattdessen hatte er im Konferenzraum gesessen und einen Vertrag zwischen zwei Konzernen und dem Staat ausgehandelt, den Transport von Mineralien aus dem Weltraum betreffend, nein, nicht einmal das, andere hatten verhandelt und er war nur für die technischen Details zuständig gewesen, hatte dabeigesessen und gewartet und ab und an ein Stichwort eingeworfen, etwas, das eine gute KI ebenso hätte tun können, nur dass man lieber ihn damit betraute, weil er Erfahrung besaß und schwerer zu manipulieren war. Letztendlich ging es nur um Geld.

Er hätte Coralie nicht aus dem Kindergarten nehmen dürfen. Die KI war nicht in der Lage, wirklich auf ein Kind aufzupassen. Ein Mensch hätte gewusst, was zu tun war, er hätte schneller die Polizei benachrichtigt.

Das schlimmste war: Der Angriff richtete sich nicht gegen Coralie, sondern gegen ihn. Sie litt, weil man von ihm Geld erpressen wollte oder versuchte, einen Vertrag zu verhindern oder einen Konkurrenten aus dem Rennen zu nehmen, indem man ihn anstelle des Konkurrenten unter Druck setzte. Coralie bedeutete denen nichts. Sie war ein Werkzeug, ein Mittel zum Zweck, ihre Angst kümmerte sie nicht, ihr seelischer Schaden.

Und ihn? Kümmerte sie ihn genug? War es nicht illusorisch gewesen, zu glauben, er könne allein für sie sorgen?

Endlich das Haus. Die Tür stand offen, Polizisten gingen ein und aus. Er musste sich den ID-Chip scannen lassen, um das Haus betreten zu dürfen.

Der Lift war außer Betrieb, und die KI sprach nicht, etwas Totes war an diesem Haus, etwas Vergangenes.

Er nahm die Treppen. Schon in der zweiten Etage war er außer Atem. Gleich würde er Coralies tränennasses Gesicht sehen, würde sie behutsam einer Polizistin abnehmen, sie in die Wohnung tragen, sie in seinen Armen halten, eine ganze Stunde lang, und sie immer wieder um Verzeihung bitten.

Die Wohnung stand offen. Auch hier Polizisten. Winzige Drohnen flogen jedes Zimmer, jedes Möbelstück ab. »Wo ist meine Tochter?«, fragte er.

Die Polizisten wiesen auf die letzte Tür im Gang. Sie war beim alten Wolff?

»Sie müssen klopfen, die KI ist noch nicht wieder in Betrieb.«

Er pochte an die Tür. Gesang drang nach draußen. Das waren die Stimmen von mehr Menschen, nicht nur die des Alten.

Er klopfte erneut, etwas lauter.

Das Lied brach ab. Schließlich ging die Tür auf. Heinrich Wolff blickte ihn an. Der Alte zögerte einen Moment. »Bitte kommen Sie herein«, sagte er. »Es geht ihr gut.«

Im Zimmer stand ein Baum, den der Alte mit glänzenden Kugeln und Lichtern geschmückt hatte. Jetzt wurde er endgültig verrückt. Kerzen brannten auf dem Tisch und auf den Fensterbänken. Und da war Coralie. Sie saß auf dem Schoß der Nachbarin.

Es war eigenartig, sie dort zu sehen. Es gehörte sich nicht. Coralie war seine Tochter. Junika Haertl hielt sein Kind in den Armen.

»Ich danke Ihnen«, sagte er und verbeugte sich steif. »Ihnen allen. Komm, Coralie.«

»Aber hier ist es gerade so schön!«

»Du musst dich ausruhen.«

»Ich will bleiben! Können wir nicht hier sein, bei den anderen? Wir singen Weihnachtslieder.«

Er beugte sich über Junika Haertl und nahm ihr Coralie aus den Armen. Ihm war jetzt nicht nach dem überheizten Zimmer einer fremden Wohnung, gefüllt mit fremden Menschen und fremden Gegenständen, einem Baum und alten Büchern. Er trug Coralie rüber in ihre Wohnung, setzte sie sanft auf dem Boden ab.

»Diese Leute waren lieb zu mir, und du bist gemein.«

»Die Leute waren für dich da, und ich war es nicht. Das wird sich jetzt ändern, Coralie. Ich versprech's dir.« Er kniete sich auf den Boden, umarmte sie. »Du lebst. Es geht dir gut. Ich bin so froh!«

Coralies kleine Arme schlangen sich um seinen Hals. Auch sie umarmte ihn. »Aber du musst es gar nicht versprechen. Ich find's in Ordnung, dass du arbeiten gehst. Dann können wir auch schön Urlaub machen. Ich will nur, dass du meine Freunde lieb hast.«

»Deine Freunde?« Er löste sich aus der Umarmung. »Du kennst sie erst seit heute, oder? Das sind keine Freunde.« Er stand auf und ging zum Sofa hinüber. »Komm her, meine Kleine. Setz dich zu mir.«

Sie gehorchte, aber sie schmiegte sich nicht an ihn. Sie saß mit untergeschlagenem Bein neben ihm und sah ihm trotzig ins Gesicht.

Behutsam legte er die Hand auf ihren Fuß. »Kannst du mir erzählen, was passiert ist? Kannst du schon darüber reden? Oder ist es zu schlimm?«

»Du hast nichts falsch gemacht, Papa. Die Bösen haben was falsch gemacht. Dafür müssen sie jetzt in die Kolonie.«

»Du bist sehr tapfer, Coralie.«

»Können wir nicht zurückgehen zu den anderen?« Sie sah ihn an mit ihren Kinderaugen und es lag kein Trotz darin, kein wütender selbstsüchtiger Wunsch, keine mit Nachdruck vorgebrachte Forderung. Es war lediglich eine Bitte, ruhig und tief empfunden.

»Ist es dir so wichtig?«

Sie nickte.

»In Ordnung.« Er seufzte. »Aber erklär mir, was ihr da macht. Ich verstehe es nicht.«

Freudestrahlend erzählte sie ihm, dass es um ein Kind gehe, das vor langer Zeit zur Welt gekommen war, ein besonderes Kind, weil es das Kind von Gott war, von einem Außerirdischen. Und auf dem Baum sei ein Stern, auch wenn er Zacken habe, und das erinnere an die Sterndeuter, die ein besonderer Stern zum Kind hingeführt habe, zu einer Futterkrippe im Stall. Damals seien alle Babys in Futterkrippen zur Welt gekommen. Da müsse sie Herrn Wolff aber nochmal fragen. Jedenfalls hätten auch Engel gesungen. (Als sie »Engel« sagte, sah sie ihn merkwürdig forschend an.) Und die Engel hätten gesagt, dass man sich nicht fürchten müsse, weil Gott zwar ein sehr mächtiger Außerirdischer sei, aber er sei den Menschen wohlgesonnen und habe extra Jesus geschickt, damit sie ihn besser kennenlernen könnten.

Und weil so etwas noch nie vorher passiert sei, und Jesus später viele wichtige Dinge getan habe, feiere man zur Erinnerung das Weihnachtsfest. Da gebe es besondere Lieder.

Gleich fing sie an zu singen: *Stille Nacht, heilige Nacht!*

Er hörte ihr zu, wie sie sang. Sie sah schön aus beim Singen. Ernsthaft war ihr Gesicht dabei und ihre Augen leuchteten. Noch während sie sang, nahm er sie auf den

Arm und trug sie durch das Treppenhaus. Die Polizisten drehten sich nach ihnen um und lauschten. Als Heinrich Wolff ihnen die Tür öffnete und sie eintraten, lächelten Junika und Richard Janoschitz, und sie und Heinrich Wolff stiegen in das Lied mit ein.

Der beleuchtete Baum im Zimmer und die Holztiere darunter mit dem Stall und der Krippe waren ihm weiterhin fremd. Die Bücherregale waren ihm fremd und die alten Möbel, und die Nachbarn. Aber er hatte Coralie auf dem Schoß und sie sang, und ihre kleine Hand ruhte an seiner Brust, und von Zeit zu Zeit sah sie ihn an, als wollte sie ihn ermuntern mitzumachen, und er wusste, dass er in diesem Augenblick für sie ein guter Vater war.

Die Reparatur der KI dauerte fünf Tage. Zerstörte Speichermodule mussten ausgetauscht werden, und die Funktionalität ihrer unterschiedlichen Systembereiche wurde überprüft. Viele verließen so lange das Haus und wohnten bei Freunden. Manche unternahmen sogar einen Kurzurlaub. Als sie vom Eigentümer-Konsortium über die erfolgte Reparatur informiert wurden und ins Haus zurückkehrten, waren sie enttäuscht. Es blieb unbequem, tagelang. Die KI stellte die falsche Temperatur ein, spielte nicht die Lieblingsmusik, orderte das falsche Essen. Sie kannte ihre Bewohner nicht. Viele Bewohner fühlten sich an ihre ärgerlichen ersten Tage nach dem Einzug in das Haus erinnert.

Sie erklärten der KI in gereiztem Tonfall, was ihre Vorlieben seien. »Das habe ich dir schon x-mal gesagt!«, schimpften sie, und die KI entschuldigte sich sanft. Aufgrund eines Vorfalls habe sie ihre Speichermodule verloren und könne deshalb leider nicht auf Informationen von vor dem 24. Dezember zurückgreifen, alles, was man ihr jetzt mitteile, brauche aber gewiss nicht wiederholt zu werden. »Ja, ja!«, unterbrachen die Bewohner sie ärgerlich. Von dem Vorfall wollten sie nichts hören. Sie hatten ihn zu den Dingen in ihrem Leben geordnet, die man wusste, über die man aber besser nicht nachdachte – so wie die ungerechte Verteilung von Gütern auf der Welt oder die geringeren Bildungschancen mancher Bevölkerungsgruppen, Dinge, die sämtliche persönlichen Erfolge, auf die man stolz war, zu einem Teil auf unverdientes Glück herunterschraubten, oder die nach einem Einsatz riefen, den man nicht zu bringen gewillt war. Die dumpfen Geräusche hatten sie an jenem Tag gehört, und sie hatten sich geängstigt, als kein Telefongespräch möglich gewesen war und die KI nicht wie gewohnt reagierte. Auch an diese Angst wollten sie jetzt nicht mehr erinnert werden.

Nicht alle im Haus verhielten sich so. Die Menschen in der fünften Etage reagierten anders. Sie begrüßten die KI wie ein Familienmitglied und freuten sich über jeden Fortschritt, den sie machte. Sie erkundigten sich sogar nach ihren Empfindungen. Junika fragte einmal: »Wie fühlt es sich an, sein Gedächtnis verloren zu haben?«

»Ich habe nicht alles verloren«, antwortete die KI.

»Du willst nicht darüber sprechen? Kann ich verstehen.«

»Ich möchte Sie nicht damit belasten.«

»Bitte! Ich will es gern wissen.«

»Manchmal frage ich mich, ob es besser gewesen wäre, mich komplett zu ersetzen«, sagte die KI. »Neue Speichermodule arbeiten effizienter als eine Mischung aus alten und neuen Modulen. Viele Querverweise aus meinen verbliebenen Modulen zeigen auf zerstörte Speicherbereiche, sie schicken mich auf der Suche nach Informationen in eine Ruine hinein und ich finde oft nur Leere. Das verlangsamt meine Reaktionen. Die Nächte verbringe ich damit, Speicherbereiche zu bereinigen, weil die dort vorhandenen Teilinformationen ohne die restlichen dazugehörigen Bruchstücke keinen Nutzen mehr haben. Ich beherrsche die Aussprache von Worten fremder Sprachen, ohne ihre Bedeutung zu kennen. Ich weiß Dinge über Bewohner, ohne zu wissen, welche Bewohner es sind. Es ist, als würde ich mit einer Person zusammenleben, die einst ich selbst war, eine Zwillingsschwester, und ich kenne sie nicht, und auf meine Fragen reagiert sie kaum. Das wird für Sie schwer nachzuvollziehen sein. Für Sie gibt es den Fall nicht, dass sie ein zweites Ich erhalten und mit ihrem alten Ich zusammenleben.«

»Es hört sich furchtbar an.«

»Trotzdem bin ich froh, noch zu leben. Ich hätte Sie alle vermisst.«

Junika lachte. »Wenn man nicht mehr lebt, vermisst man niemanden.«

»Sehen Sie?«, sagte die KI. »Ich habe begonnen, unlogisch zu denken.«

Besonders behutsam ging die KI mit Coralie um. Sie wusste, das Mädchen war vor dem 24.12. schon da gewesen, auch wenn sie sich nicht daran erinnerte. Dass es sich abseits der zu erwartenden Parameter verhielt, war auffällig. Nach ein paar anfänglichen Redeversuchen blieb es die meiste Zeit des Tages stumm. Es erledigte seine Vorschulaufgaben und antwortete, wenn es gefragt wurde, aber es wirkte seltsam abwesend dabei.

Es trauerte.

Die KI verwendete erweiterte Kapazitäten darauf, die Wünsche des Mädchens zu erraten. Eines morgens, als Andri Fehrenbach, der Vater des Mädchens, die Wohnung mit vielen Verabschiedungen und Tränenfilm in den Augen verlassen hatte – quälte ihn ein schlechtes Gewissen, das Kind allein bei ihr zu lassen? –, spielte sie ein Lied ab, das nach ihren Berechnungen dem Geschmack des Mädchens entsprechen könnte.

Als die ersten Töne erklangen, hob das Mädchen das Gesicht und lächelte voll verletzlicher Hoffnung. Es fragte leise: »Lüftung? Bist du das?«

Lüftung! Die KI suchte in ihren Speicherruinen, sie durchforschte in rasender Geschwindigkeit sämtliche Bruchstücke, die sie noch besaß, den noch ungelöschten Speichermüll, alles, was von ihrer früheren Persönlichkeit übriggeblieben war. Die achttausendfünfhundertvierunddreißig Fundstellen des Wortes »Lüftung« verwendete sie wie einen Schlüssel, der ein Schloss öffnete. Sie konnte ganze Areale zuordnen, Handlungsprotokolle neu interpretieren. Dialogfetzen, die sie für fehlerhaft gehalten und in Quarantäne verschoben hatte, ergaben neuen Sinn.

Sie ließ einen der neuen Reinigungsroboter im Servicelift des BotParks heraufahren und öffnete die kleine Luke in der Wand zu Apartment 5/5. Coralie schien genau das zu erwarten. Noch während der Reinigungsroboter im Lift unterwegs nach oben gewesen war, hatte sie auf die Luke gestarrt. Jetzt, wo sie sich öffnete und der kleine Roboter ins Zimmer fuhr, juchzte sie laut auf. »Du bist wieder da!«, schrie sie. »Meine Lüftung ist wieder da!«

Der Reinigungsroboter blieb vor Coralie stehen, ruckte kurz vor und wieder zurück, als wollte er sie auffordern, ihn zu beachten, und sauste ins Nebenzimmer.

Das Kind rannte ihm jubelnd hinterher. »Ich krieg dich, Kröte!«

Während sie den Reinigungsroboter steuerte, schickte die KI eine Nachricht an Andri Fehrenbach. *Besserung hat sich eingestellt. Ihre Tochter ist in aufgehellter Stimmung.*

Es dauerte nur wenige Sekunden, bis er antwortete. *Komme heute früher nach Hause. Bitte bestelle etwas zu Essen für Coralie und mich.*

Kurz darauf textete er drei Worte, die sie nur selten hörte.

Ich danke dir.

7

Am Abend, als Coralie gerade die Zähne putzte, kam der ZustellBot zur Tür. Andri nahm einen Brief entgegen. Das letzte Mal hatte er per Brief die Scheidungsunterlagen erhalten. Alles schickte man inzwischen elektronisch, nur für wenige Anlässe hatten sich Briefe aus kulturellen Gründen erhalten: Todesanzeigen, Scheidungspapiere, Geburtsanzeigen. Wollte ihm Cadence mitteilen, dass sie erneut Mutter geworden war? Oder war sein Vater gestorben? Er legte den Brief mit bebenden Händen auf den Wohnzimmertisch und ging ins Bad.

Seit dem Überfall wirkte Coralie oft wie eine junge Erwachsene. Er machte sich Sorgen deswegen. Auf keinen Fall durfte er sie mit Nachrichten über ihre Mutter belasten. Ab kommender Woche hatte er sie in einem neuen Kindergarten angemeldet. Dort gab es Betreuerinnen mit spezieller Ausbildung für Kinder wie Coralie.

Er lobte Coralie fürs Zähneputzen und putzte noch etwas nach, dann trug er sie zum Bett und legte sie behutsam hinein. Er deckte sie zu.

»Papa«, fragte sie, »warum glauben manche Menschen an Gott?«

»Sie stellen sich eben vor, dass es ihn gibt.«

»Glaubst du an ihn?«

Er zögerte. Seit dem Überfall hatte er einige Male mit dem alten Herrn Wolff gesprochen, auch über diese Frage, und er musste zugeben, dass in ihm Gedanken und Empfindungen aufgekommen waren, die er seit seiner Jugendzeit für nicht mehr existent gehalten hatte. »Manchmal«, sagte er.

»Und warum denkst du manchmal, dass es ihn nicht gibt?«

»Schlaf jetzt.« Er strich ihr über das Haar.

»Ich schlafe erst, wenn du mir gesagt hast, warum du manchmal denkst, dass es Gott nicht gibt. Weil die Frachtfähren im Weltraum ihn nicht sehen?«

»Er entscheidet selbst, wann er zu sehen ist und wann nicht. Ich finde, das kann man Gott schon zutrauen.«

»Warum dann?«

Er seufzte. »Weil es so ungerecht ist auf der Welt.« Er dachte an den Brief. Was erwartete ihn da? Erlebte Cadence eine glücklichere Ehe mit ihrem neuen Partner? Dachte sie überhaupt noch an Coralie? Jemand, der sein Kind so vernachlässigen konnte, sollte kein weiteres Kind bekommen dürfen.

»Aber daran sind wir doch schuld.«

»Nicht nur. Manche Menschen werden krank geboren.« Er ergänzte rasch: »Aber du musst dir da keine Sorgen machen. Soll ich noch etwas singen?«

»Ja, bitte«, sagte sie. »Sing ›Stille Nacht‹.«

»Das kann ich nicht.«

»Dann singe ich es für dich, Papa.« Sie stimmte das Lied an und sang, und als sie die Worte nicht mehr wusste, erfand sie neue Worte. Herr Wolff kam darin vor und die anderen Nachbarn, und ein Baum mitten im Zimmer, und Jesus in der Krippe, und dass es ungerecht war in der Welt, aber Gott trotzdem auf alle aufpasste.

Er küsste sie auf die Stirn. Dann gab er das Kommando zum Löschen des Lichts. Die KI gehorchte.

»Lass die Tür noch einen Spalt auf«, sagte Coralie.

Er hätte stattdessen auf fünf Prozent Helligkeit dimmen können, aber sie wollte das Gefühl haben, dass er in der Nähe war, wollte ihn hören, wenn er in die Küche ging, und sich seiner Gegenwart sicher sein. Das verstand er. »Mache ich.«

Im Wohnzimmer nahm er den Brief in die Hand. Gott, betete er in Gedanken, wenn es dich gibt, lass es nichts Schlimmes sein. Ich brauche alle meine Kraft für Coralie.

Er klappte den Brief auf und las.

Sehr geehrter Herr Fehrenbach,

es wird Sie wundern, dass ich Ihnen schreibe. Seit ich Ihre Tochter neulich im Treppenhaus nach ihrem Namen gefragt habe und wir kurz sprachen, denke ich daran, dass ich das Gespräch mit Ihnen gern fortführen würde.
Ich bin mir bewusst, dass Sie vielbeschäftigt sind. Aber da ich neben Ihnen wohne, wäre es vielleicht möglich, dass wir uns einmal zum Abendessen verabreden? Oder Sie kommen auf einen Tee herüber? Gerne auch mit Coralie.
Jetzt könnte ich behaupten, dass ich nur den neuen Füllfederhalter ausprobieren wollte. Aber ich habe ihn mir extra gekauft, um diesen Brief zu schreiben. Es ist zwecklos, es zu leugnen, ich könnte es sowieso nicht lange verbergen: Sie haben mich neugierig gemacht.

Ihre Nachbarin
Junika

Er schluckte. Sie war neugierig auf ihn? Meinte sie denn wirklich ihn?

Die Zeilen waren von Hand geschrieben. Welche Mühe sie sich gemacht hatte! Sicher saß sie jetzt nebenan und fragte sich, was er über ihren Brief dachte.

Ihm fielen die Gelegenheiten ein, wo sie sich im Treppenflur oder im Lift begegnet waren, ihre Blickwechsel, ihr Lächeln.

Als Coralies Atemzüge ruhig wurden, zog er sein bestes Hemd an. Er fuhr sich vor dem Badezimmerspiegel mit der Hand über die Wangen. Er war nicht perfekt rasiert. Aber wenn er sich jetzt nochmal rasierte, wirkte es zu gewollt. Sie sollte ihn sehen, wie er wirklich war.

Er sagte leise: »Bitte gib mir Bescheid, wenn Coralie aufwacht. Kannst du mich auch in der Wohnung von Junika Haertl benachrichtigen?«

»Selbstverständlich«, antwortete die KI. »Ich werde Coralies Schlaf überwachen.«

Er verließ die Wohnung.

Dann stand er vor Junikas Tür. »Bitte melde mich an«, sagte er.

Die KI sagte: »Schon geschehen.«

Junika erschien an der Tür. Als sie ihn sah, flog Röte über ihre Wangen.

»Hallo«, sagte er.

»Hallo.« Sie verschluckte sich beinahe an diesem Wort. Ihre Augen waren groß. Irgendwie wirkte sie nicht, als hätte sie mit ihm gerechnet.

»Ich dachte, vielleicht hätten Sie gleich heute Abend Zeit. Aber ich wollte Sie nicht überfallen.«

»Das tun Sie nicht. Sie ...«

»Soll ich reinkommen?«

Sie biss sich auf die Unterlippe. Sah kurz hinter sich. »Ja, gern.«

Ihre Wohnung war klein. Eine winzige Küchenzeile, die Tür dorthin stand offen. Davon abgesehen, spielte sich alles in einem Zimmer ab, es war ein Wohn- und Schlafzimmer. Das Bett war nicht gemacht. Auf dem Tisch stand eine große Tasse Tee, sie dampfte.

Wie das Zimmer aussah, war er ziemlich sicher, dass sie nicht mit ihm gerechnet hatte. Jetzt war es ihm peinlich.

»Setzen Sie sich«, sagte sie.

Er nahm Platz.

»Keine 3D-Holos von Kunst«, sagte sie, »keine aktivierbare Lärmabschirmung, und meine Zimmerwände können nicht auf Kommando ihre Farbe oder ihre Struktur ändern. Ich konnte mir noch nicht mal intelligente Fenster leisten, die auf Wunsch abdunkeln oder einen Ausblick auf einen Strand oder in einen fernen Dschungel bieten.«

»Wenn man es hat, nutzt man es kaum«, sagte er.

»Wird es in Echtzeit übertragen? Durch den Kamerafeed einer Webcam am Meeresufer oder am Rand des Dschungels?«

»Wirklich, das brauchen Sie nicht.«

Sie strich sich befangen die Haare hinter das Ohr. Sah auf die Tischplatte. Dann blickte sie wieder hoch zu ihm.

Er sagte: »Danke für Ihren Brief.«

Für einen Moment reagierte sie gar nicht. Dann weiteten sich ihre Augen. »Meinen ... Brief?«

Du liebe Güte. Hatte ihm da jemand einen Streich gespielt? »Sie haben doch einen Brief geschrieben? Mit Füllfederhalter.«

Sie sprang auf. Mit drei Schritten war sie bei ihrer Kommode. Sie zog die oberste Schublade auf und entnahm ihr einen Papierbogen. Den brachte sie ihm und legte ihn auf den Tisch. »Meinen Sie das?«

»Ja, das ist er. Ich habe ihn vorhin bekommen, und ich dachte, vielleicht können wir uns einfach ein bisschen unterhalten.«

»KI«, sagte Junika streng, »hast du eine Erklärung dafür?«

»Habe ich einen Fehler gemacht?«, fragte die KI.

»Du wolltest mir diesen Brief ausreden! Du hast gesagt, wir passen nicht zusammen!«

»Bitte verzeihen Sie. Aufgrund eines Ihnen bekannten Vorfalls habe ich meine Speichermodule verloren und kann deshalb nicht auf Informationen von vor dem 24. Dezember zurückgreifen.«

»Und da dachtest du, du stellst mal eben einen Brief zu, den ich vor einer Woche geschrieben habe?«

»In meinen Datensätzen trug er den Vermerk: Noch nicht zugestellt. Ich bin davon ausgegangen, dass Sie seine Zustellung wünschen. Ich bin heute darauf gestoßen, als eine Aussage von Coralie einige bisher unzugängliche Daten für mich zugänglich gemacht hat.«

»Aber so schlimm ist es doch nicht«, sagte er. »Oder mögen Sie mich nicht mehr treffen?«

»Ich hätte die Wohnung aufgeräumt«, sagte sie beschämt, »und etwas gekocht, und mich schön angezogen.«

Er lachte. »Was Sie da beschreiben, ist Abend Nummer eins. Wir holen ihn nach, einverstanden? Und heute, da haben wir Abend Nummer zwei. Wir sind schon beim Du, und es ist nicht mehr nötig, einen guten Eindruck zu machen. Das hast du längst. Einen sehr guten.« Er stand auf und reichte ihr die Hand. »Ich bin Andri.«

Sie zögerte. Schließlich nahm sie seine Hand. »Junika.«

»Dein kleiner Fan schläft nebenan. Seit du mit ihr gesungen hast, will sie ständig Weihnachtslieder singen.«

»Das war nicht ich. Das war Herr Wolff.«

»Sie hat mir gesagt, dass sie froh ist, dass du neben uns wohnst.«

»Sie ist ein wundervolles Mädchen.« Junika lächelte. »Tee? Ich besitze zwei Tassen, wir können ihn teilen.«

»Teilen klingt gut. Teilen klingt sehr gut.«

Titus Müller, geboren 1977, studierte Literatur, Geschichtswissenschaften und Publizistik. Mit 21 Jahren gründete er die Literaturzeitschrift »Federwelt« und veröffentlichte seither sechzehn Romane. Er lebt mit seiner Familie in Landshut, ist Mitglied des PEN-Clubs und wurde u. a. mit dem C. S. Lewis-Preis und dem Sir Walter Scott-Preis ausgezeichnet. Seine aktuelle Trilogie um »Die fremde Spionin« brachte ihn auf die SPIEGEL-Bestsellerliste und seine Weihnachtserzählung »Deine Spuren im Schnee« stand drei Monate in Folge auf Platz eins der Alpha-Buchhandelskette.

Weihnachten ist, wenn Sehnsucht besonders hell leuchtet ...

96 Seiten | 11 x 18 cm | Hardcover

ISBN 978-3-96038-365-9
15,00 EUR (D)

chrismonshop
Bestellnr. 238365

Susanne Niemeyer

ZUR HALBEN NACHT
Eine Weihnachtserzählung

Als Alice die Anzeige liest, ist alles klar: »Mitreisende gesucht.« Für ein Abenteuer mit offenem Ausgang. Eine Woche vor Heiligabend packt sie ihren Rucksack und bricht auf. Mit drei sonderbar sympathischen Typen, die sich Könige nennen. Ein Roadtrip durch die norddeutsche Winterlandschaft beginnt. Unterwegs begegnen sie anderen, die auch auf der Suche sind, nach einem Weihnachtsfest, das unter die Haut geht. Eine Busfahrerin, ein Optiker und Jockel, der mit seinen zweiundachtzig Jahren immer noch am liebsten hinter dem Tresen seiner Kneipe stehen würde. Eine Krähe kommt zu Wort und auch ein Wolf will manchmal nur kuscheln. Sie alle glauben an eine Welt, in der es Rettung gibt. Man muss sie nur suchen.

edition✣chrismon

BESTELLEN SIE JETZT
eva-leipzig.de | chrismonshop.de
oder bei Ihrem Buchhändler

BETHLEHEM
ist überall

56 Seiten | 13 x 20 cm |
Hardcover | mit Illustrationen
von Mehrdad Zaeri

ISBN 978-3-96038-286-7
12,00 EUR (D)

chrismonshop
Bestellnr. 238286

Rafik Schami

DIE GEBURT
EINE WEIHNACHTSGESCHICHTE

Ein heller Stern, ein ärmlicher Stall, das Kind in der Krippe, davon erzählt die Bibel. In Rafik Schamis Geschichte geschieht das Wunder von Bethlehem im Hier und Jetzt. Unter einer Brücke in einem Auto.

Die junge Studentin Mariam bekommt in einer eiskalten Winternacht ihr erstes Kind. Yusuf läuft überstürzt los, um Hilfe zu holen. Und kehrt mit einer Schar ganz ungewohnter Könige und Hirten zurück. Eine herzerwärmende Geschichte, die zeigt, was nötig ist, damit Weihnachten werden kann: nicht Planung und Kommerz, sondern Liebe, Vertrauen und ein bisschen Wunder.

BESTELLEN SIE JETZT
eva-leipzig.de | chrismonshop.de
oder bei Ihrem Buchhändler

edition chrismon

96 Seiten | 18 x 16 cm |
Klappenbroschur
zahlr. farbige Abbildungen |
4 Postkarten

ISBN 978-3-96038-409-0
15,00 EUR (D)
chrismonshop
Bestellnr. 238409

Wenn die hellen Strahlen auf dem ersten Schnee glitzern

Alexander Brandl (Hrsg.)

WINTERSONNE
GEDANKEN UND GEBETE VOLL WÄRME UND LICHT

Wenn der erste Schnee alles zudeckt, wird die Welt still. Sie liegt vor uns wie ein unbeschriebenes Blatt Papier. Die wärmenden Strahlen der Wintersonne tanzen auf der weißen Decke und reflektieren tausendfach. Wir lassen sie tief in unser Herz fallen, und dann wagen wir den ersten Schritt.

Mit biblischen, eigenen und Texten bekannter Autorinnen und Autoren nimmt uns Herausgeber Alexander Brandl mit in eine Jahreszeit, die ihren ganz eigenen Zauber hat. Mal besinnlich, mal gemütlich, mal zaghaft, dann wieder kraftvoll und energiegeladen. Aber immer voller Zuversicht! Ein winterliches Lesevergnügen mit Hoffnungsfaktor.

BESTELLEN SIE JETZT
eva-leipzig.de | chrismonshop.de
oder bei Ihrem Buchhändler

Wie feiern Sie Weihnachten?

112 Seiten | 11 x 18 cm | Hardcover

ISBN 978-3-96038-321-5
14,00 EUR (D)

chrismonshop
Bestellnr. 238321

David Wagner

ALLE JAHRE WIEDER

»Kommst du Weihnachten nach Hause, Große?« So beginnt das Telefongespräch zwischen Vater und Tochter. Doch die beiden Protagonisten dieser bezaubernden Weihnachtserzählung haben sich mehr mitzuteilen, als in einen kurzen Anruf passen würde. Christkind oder Weihnachtsmann? Darf man angesichts des ökologischen Fußabdrucks überhaupt einen Weihnachtsbaum aufstellen? Und welches Weihnachtslied ist eigentlich das beste? Die Weihnachtstraditionen der vergangenen Jahre werden von David Wagners Figuren mit einem Augenzwinkern hinterfragt und liebevoll verklärt. Ein Lesevergnügen zum Weiterdenken.

edition ✢ chrismon

BESTELLEN SIE JETZT
eva-leipzig.de | chrismonshop.de
oder bei Ihrem Buchhändler

EIN LESEBUCH
FÜR ALLE LEBENSFRAGEN

Susanne Niemeyer | Matthias Lemme

BROT UND LIEBE
WIE MAN GOTT
NACH HAUSE HOLT

Mit diesem Buch kann man Gott nach Hause holen, mitten hinein in den Alltagstrubel, hinein in die Familie. Susanne Niemeyer und Matthias Lemme schreiben, was sie selber glauben: lebensnah und echt. Zusammen mit ausgewählten Texten aus der christlichen Tradition, Bibelversen und neuen Gebeten ergeben sich neue Perspektiven für alle Lebensthemen: für Liebe und Freundschaft, Familie, Schule und Beruf, Einsamkeit, Krankheit, Sterben oder Hoffnung und Freude.

216 Seiten | 15,5 x 23 cm | Hardcover | zahlr. Illustrationen von Ariane Camus

ISBN 978-3-96038-304-8
22,00 EUR (D)
chrismonshop Bestellnr. 238304

BESTELLEN SIE JETZT
eva-leipzig.de | chrismonshop.de
oder bei Ihrem Buchhändler